'유허의 일상'으로
초대합니다

정윤옥 지음

'유허의 일상'으로 초대합니다

초판 1쇄 | 인쇄 2023년 8월 01일
초판 1쇄 | 발행 2023년 8월 10일

지은이 | 정윤옥
펴낸이 | 권영임
편   집 | 윤서주, 김형주
디자인 | 사과나무

펴낸곳 | 도서출판 바람꽃
등   록 | 제25100-2017-000089(2017. 11. 23)
주   소 | (03387) 서울시 은평구 연서로22길 16-5, 501호(대조동, 명진하이빌)
전   화 | 010-7184-5890
팩   스 | 070-7314-6814
이메일 | greendeer@hanmail.net

ISBN   979-11-90910-10-1   03810

값 15,000원

* 이 책은 2023 모든 예술 31-광주에 선정되어 '경기도, 경기문화재단'과
  '광주시문화재단'의 지원을 받아 제작되었습니다.

'유허의 일상'으로 초대합니다

정윤옥 지음

도서
출판 바람꽃

차례

1부 **오전리 직거래장터**

오전리 직거래장터 • 11

투표참관인 • 14

이럴 때는 운동이 답이다 • 18

전철을 타다 • 20

폭설 • 23

생일 꾸러미 • 26

경강선 개통으로 • 28

2천 원의 행복 • 31

감사 일기 • 34

마음 안경 • 36

다가구주택 • 38

쉿! • 40

컵라면 먹다 • 42

2부 **아욱국을 끓이다**

차 한잔 어떨까요 • 47

아욱국을 끓이다 • 51

도서관 다녀오다 • 54

광역버스 이용하다 • 56

노각 • 59

오십견 진단받다 • 62

라인댄스 • 65

족욕도 소통이다 • 68

부지깽이나물 • 70

옻순무침 • 73

볼펜 • 76

오래된 추억 • 78

밥을 먹는다는 것은 • 80

3부 블로그 첫 생일

봄날 지천을 걷다가 • 85

핸드크림 • 88

사소함 • 90

오늘 콩국수 어떨까요? • 92

건강 밥상 • 94

詩人 • 97

봄 더덕 무침 • 100

김치만두 • 102

블로그 500번째 • 104

블로그 첫 생일 • 106

첫물 고추 • 108

봉선화를 아시나요 • 110

때론 여유롭다 • 112

4부 정윤옥의 시작노트

엄마의 기제날 • 117

수납기 • 120

염색을 한다 • 122

매운탕을 끓이며 • 124

국밥 • 126

순자 언니 • 128

오래된 기억을 더듬다 • 130

폭우 • 132

장롱을 바라보다 • 134

벌집 • 136

시외버스 • 138

한 가계를 돌아보다 • 140

막내 이모 • 142

첫 월급의 기억 • 144

5부 **회원 활동기**

자가격리 • 149

코로나 추석 • 152

코로나와 예식문화 • 154

우리 동네 • 156

우리 김치 나눔해요 • 160

건강청 만들기 • 163

회원 활동기 • 166

들밥 • 170

손두부 • 173

밑반찬 나눔 봉사 • 176

노래 교실 • 179

광주정씨 제실과 정선 화가 • 183

송년 모임 • 187

문우님 반갑습니다 • 191

6부 통미마을 청미정 골목 사람들

Small 출판기념회 • 197

가족 모임 • 200

벌초 • 203

우리는 자매다 • 206

곰배령 강선마을에 묵다 • 209

막내 • 213

또 감사해요 • 216

면가방 • 218

이별 • 220

모녀 사이 • 222

아버지표 콩나물국 • 224

아버지의 딸이다 • 226

통미마을 청미정 골목 사람들 • 228

작가의 말 • 231

1부

오전리 직거래장터

오전리 직거래장터

오전리! 마을 이름도 참 정겹다. 남한산성 면사무소에서 남한산성으로 들어가다 있는 마을이다. 오래전부터 이곳을 지날 때는 오전리 주민들이 직접 키워낸 농산물을 내다 팔고 있는 모습을 자주 보곤 했다.

지금은 눈과 비, 바람도 피할 수 있게 임시 건물로 만들어진 넓은 공간에서 생산자는 제각각 자기 이름표의 상호를 내걸고 농산물을 팔고 있는 이미 소문이 난 직거래 장터로 변신했다.

오전리 직거래장터는 직접 농산물을 재배한 농가와 실수요자인 소비자와의 직거래가 큰 장점이다. 그날그날 뽑은 배추며 무 등을 판매하니 얼마나 싱싱할까, 또 직거래이니 시중보다 가격도 저렴하다. 거기에 된장 같은 장류, 매실청 같은 발효유, 들기름 등 자급자족하고 남는 농산물을 내다 팔고 있으니 소비자는 안심 먹거리를 구매할 수 있는 것이다.

요즘은 로컬푸드 직매장이 광주시 곳곳에 문을 열고 있어 우리

마을 주민들이 생산한 농산물.

지역 농산물을 소비자가 쉽게 구매할 수 있는 직매장과 오전리 직거래 장터와는 매우 흡사한 농산물 판매장이다. 특히 일부러 주변에서 찾아온 소비자와 남한산성을 찾는 관람객의 발길로 이어졌다. 하기야 나온 김에 필요한 농산물을 구매할 수 있으니 얼마나 시간도 절약되겠는가, 이곳에 와 보면 농촌에서 자란 사람들은 새삼 어머니와 고향의 모습이 그려지는 곳이기도 하다.

장터 한쪽에는 누구나 이용할 수 있는 간이매점이 있다. 마을 주민들이 서로 돌아가며 운영하는 이곳에선 커피와 간단한 차 종류, 잔치국수와 감자 부침 같은 먹거리도 함께 먹을 수 있다.

우리는 점심을 먹고 지나가는 길에 차 한 잔씩 주문했다. 오전리 마을 이야기며 직거래 장터만큼이나 인기가 좋다고 하는 농협하나

손님을 기다리는 가을배추.

로마트 내 로컬푸드에 관한 이야기를 나누다 보니 시간 가는 줄을 까맣게 잊고 있었다.

　광주시 명소 남한산성!

　남한산성으로 향하는 길에 잠시 휴식도 할 겸 남한산성면 오전리 농산물 직거래 장터를 둘러보아도 좋다.

　오늘도 일상의 소소함 속에 행복을 만끽한 시간이다.

#광주시#남한산성#오전리#농산물직거래장터

2022. 11. 21.

투표참관인

──────────────── 2022년 6월 1일! 지방선거 투표일이다. 난 생처음 투표참관인으로 참석하기 위해 투표소로 나갔다. 초월읍 제 4 투표소는 경충대로 변에 있는 초월농협 2층에 마련되어 있다. 투표소 관리담당자들은 투표소에 필요한 집기들을 완벽하게 정리해 놓고 투표 시작을 기다리고 있었다.

누구든지 처음 해보는 일에는 약간의 어색함이 있다. 나 역시 투표참관인은 처음이라 투표관리를 맡은 담당자의 설명대로 참관인 좌석에 앉았지만 그리 낯설지 않은 것은 우리 마을에 있는 투표소

이기 때문일 것이다.

오전 6시 정각, 투표가 시작되었다. 미리 줄을 서 기다리는 유권자도 많았다. 본인의 소중한 투표권을 행사하기 위한 모습이었다. 투표하러 오신 유권자가 기표 후에 기표한 투표용지를 투표함에 잘 넣는지, 불미스러운 일은 없는지 등을 관찰하는 일이 투표참관인의 역할이었다. 유권자 한 분 한 분의 투표하는 모습을 직접 체험할 수 있다는 것에 감사한 마음이 들었다.

오늘 투표할 내용은 우리 지역 시의원 (무투표당선으로 해당 무), 도의원, 시장, 도지사, 교육감, 비례대표당, 총 다섯 종류의 투표용지를 받아 기표한 후 투표용지를 투표함에 넣으면 되는 것이다.

투표하러 오신 유권자의 모습을 자세히 살펴보았다. 백수의 연세

에 70대 아들의 손을 잡고 나오신 장수식당 할아버지, 휠체어를 타고 나오신 윗마을 어르신, 어린아이 손을 잡고 나온 젊은 엄마, 지팡이를 짚고 나오신 노부부, 다정해 보이는 중년 부부, 같은 아파트에 살고 있는 모녀, 시어머니와 며느리, 깁스를 하고도 한 표 행사를 위해 나온 늠름한 청년, 장바구니를 들고 온 자연부락의 주부 등등 특히 코로나 감염병 예방을 위해 일회용 비닐장갑을 끼고 투표를 하는 분도 눈에 띄었다. 안전수칙을 철저하고 예민하게 지키며 투표소에 나온 이웃들의 모습이었다.

노약자분들은 엘리베이터를 타고 이용할 수 있도록 배려하는 모습도 아름다워 보였다.

투표 전, 신분증으로 본인 확인을 마친 다음, 투표용지를 기표소 공간에서 기표한 후, 투표함에 넣으면 투표는 종료된다. 간혹 기표해야 할 용지가 너무 많다며 혼동한 어르신과 귀가 어두워 금방 알아듣지 못하던 할아버지도 계셨지만, 담당자의 친절한 안내를 받아 소중한 한 표를 당당하게 행사하셨다.

투표참관인으로 꼬박 여섯 시간을 의자에 앉아 있었다. 지금까지는 유권자로 투표소에 나와 투표했을 때와 투표참관인 자격으로 투표하는 유권자를 바라볼 때, 여러 생각이 머릿속을 교차하며 지나갔다.

특히 투표소 관리를 총괄하는 담당 공무원은 눈코 뜰 새 없이 바빠 보였고 간식을 먹을 짬도 없어 보였다. 많은 분의 수고가 있었기에 유권자들이 신속하게 투표할 수 있었다는 생각이 들었다. 더군다나 투표참관을 경험해 볼 수 있어서 더더욱 감사했다.

나도 귀한 한 표를 행사했다. 부디 내 집안일처럼 일할 후보자가 꼭, 꼭 당선되었으면 하는 바람이다.

#초월읍#제4투표소#투표참관인#6.1지방선거

2022. 6. 4.

이럴 때는 운동이 답이다

——————————— 새벽녘, 봄의 전령사가 봄비를 내려 준 탓인가? 기압이 내려앉아 그런 것인가?

몸이 찌뿌드드하며 무겁고 처지면서 도무지 생기가 나지 않는다. 무슨 연유인지 마음까지도 음산해진다. 이래서는 안 되겠다 싶어 의도적으로 몸을 움직여 자전거 도로로 나가 무조건 걸은 후 헬스장으로 발길을 돌렸다. 천천히 근력 운동을 한 후, 러닝머신에 올라서서 속도를 조절하며 빠른 걸음으로 걷다 보니 등줄기에 땀이 촉촉하게 배어든다.

찌뿌드드하던 몸의 상태가 회귀본능의 연어 떼처럼 원래 대로 돌아오기 시작하고 가슴 한복판 풀 죽어 있던 마음자리에도 힘이 솟아난다. 맞다! 답은 운동이다.

몸과 마음은 서로 짝을 이루며 순환하고 움직여지는 것이다. 하기야 살다 보면 매일 기운이 넘칠 수 있겠는가? 몸과 마음은 서로 평행선을 타듯 몸이 처지면 마음마저 정비례하는 건 무엇 때문일까? 나이 탓인가? 왕성했던 식욕도 마음속 설렘도 조금씩 줄어간다. 이 또한 자연의 이치라는 생각을 하며 힐끔 거울에 비친 내 얼굴을 보니 어머나, 염색할 시기가 지났다는 신호를 또 보내온다.

#초월읍#운동#헬스장

2023. 2. 12.

속도를 조절하며.

전철을 타다

──────────── 봄기운이 스멀거려오는 절기, 입춘(入春)이다. 미아사거리역 3번 출구 인근에 있는 예식장을 다녀오기 위해 집을 나섰다. 그나마 우리 지역에도 수년 전 전철이 개통되어 대중교통을 이용하기 편리해졌다. 판교역에서 신사역 방향으로 환승하기 위해 느릿한 발걸음으로 사방을 훑어가며 걸었다. 칸마다 이용객으로 만원을 이루고 환승하기 위한 인파가 무리 지어 옮겨가곤 했다.

충무로역에서 환승할 때 에스컬레이터 높이가 우리 마을 뒷산만큼이나 경사가 졌다. 도저히 걸어서는 올라갈 수 없어 보였다. 연달아 환승을 해야 하기에 간혹 혼동되기도 했다. 거미줄처럼 연결된 전철을 어쩌다가 이용하는 내게는 익숙하지 않았지만 옆 사람에게 물어가며 오차 없이 미아사거리역 3번 출구를 빠져나왔다.

옛 생각이 물큰 다가왔다. 학교와 직장을 다니느라 어언 십 년 동안 서울살이를 했던 기억들이 새벽안개처럼 몽글몽글 피어올랐다.

신설동 로터리에서 보문동, 대광고를 지나 안암동, 돈암동, 종암동을 지나던 그 시절의 미아리고개가 떠올랐다. 특히 그 당시 미아리고개 도로변에는 유독 철학관 같은 간판을 매달은 허름한 점방들이 즐비하게 늘어서 있었고 나는 호기심에 또 불확실한 미래를 묻고 싶어서 친구와 단둘이 찾아갔다. 무엇을 물었는지 또 무엇이라고 답을 해줬는지 기억은 안 나지만 그때의 역술가는 앞을 보지 못했다. 점자책을 펼쳐놓고 찾아온 고객의 사주를 봐주었던 건 생생하게 떠오른다.

요런조런 생각을 떠올리면서 미아사거리역 3번 출구를 나와 길 건너편을 쳐다보니 완전히 탈바꿈된 다른 세상이었다. 벌써 사십 년 전 이야기이고 지금 난 경로석 주인공이 되기 직전이니 말이다.

예식을 지켜보며 늦은 점심을 먹고 귀가를 서두르며 다시 미아사

많은 이용객의 손과 발이 되는 대중교통.

거리역 3번 입구로 스며들었다. 판교역으로 가기 위해 메모해놓은 나만의 전철 노선을 커닝하듯 다시 꺼내 보며 혼동이 될 때는 옆 사람에게 다가가 여러 번 묻곤 했다.

어느 사이, 초월역에 당도한다는 안내 방송이 들려왔다.

#광주시#경강선#환승#초월역

2023. 2. 5.

폭설

———————— 십여 센티 정도의 폭설이 내렸다. 온통 하얀 세상이다. 코로나바이러스로 여러 방면의 침체 및 위축, 각종 규제와 제한 등으로 모두가 힘들다고 하는데 뒷산에 올라와 보니 이 순간만큼은 세상 아무 걱정거리가 없어 보인다.

눈밭에 나와 풀밭처럼 뛰어다닌 고라니 발자국이 연이어 있고, 들개들의 발자국도 눈에 띈다. 얼마 전부터 뒷산에 들개들이 있는 것을 여러 번 보았다. 고라니 울부짖는 울음소리가 들리면 들개에게 잡혀 목숨을 잃어가는 순간이라고 산에 오른 이웃들의 얘기를 듣고 있는 와중에 한쪽에서 새끼 고라니 우는 소리가 또 들려왔다.

엄마 고라니를 애타게 찾는 겁에 질

폭설이 내린 다음 날.

사람 발자국이 아닌 들개 발자국.

린 목소리를 들으면서, 아마도 그들만의 방송 매체에는 '뉴스 속보' 자막이 떴을지도 모르겠다.

문득, 뉴스를 장식한 세상의 여러 이야기, 입양한 어린아이를 죽음으로 내 몬 양부모, 세상에, 세상에 혀끝을 차며 이해하기 힘들다는 목청들이 곳곳에서 쏟아져 나오고, 갈수록 살기 힘들다고, 실업자도 많다고, 경기도 안 좋다는 얘기들이 흘러나온다.

세상이여!

울퉁불퉁한 사연들, 그 갈피 속 사이사이까지 눈처럼 순백으로 깨끗해지길 빌어본다.

누구든지 폭설이 내린 다음 날 산에 올라와 보라. 케케로 묵어있던 마음 찌꺼기며 쓸데없는 괜한 욕망에 검디검은 생각들까지 하얗게 새하얗게 물들여지리라!

#폭설#세상이야기#숲속동네

2021. 1. 16.

생일 꾸러미

─────────── 말일이라 공과금 납부를 끝내고 집 안으로 들어서려는 순간, 웬 커다란 상자가 현관 앞에 놓여있다. 발신자는 관내 지역농협이었다.

조합원 환원 사업의 명목으로 조합원 생일 즈음에 생일 꾸러미를 보내온 것이다. 작년까지만 해도 농협 하나로마트에서 사용할 수 있는 기프트카드를 보내왔는데 올해부터는 생일꾸러미로 바뀐 모양이다. 생일 선물을 현물로 직접 받아보는 기쁨은 고향 집에서 어머님이 보내주신 듯하여 감개가 무량했다.

생일상을 차릴 필요한 미역, 김, 쇠고기, 오리고기, 와인, 쌀, 거기다가 조합원을 애틋하게 모신다는 마음과 정성의 문구까지 담겨 있다. 군이 마트를 가지 않아도 될 내용물로 채워졌다.

생일엔 쇠고기를 넣어 미역국을 끓이고 곱창 김을 굽고 오리고기와 광주시에서 생산된 쌀로 밥을 고슬고슬 윤기 자르르 나게 짓고 와인까지 곁들여 생일상을 차려야겠다.

조합원을 위한 환원 사업 중 하나라 해도 생일 꾸러미를 받아든 그 순간 고마움과 감사함이 마구 터져 나왔다.

#생일꾸러미#초월농협#농협조합원

2020. 12. 31.

박스 속 내용물들.

경강선 개통으로

──────────── 광주시라고 하면 전라도 광주냐고 물어 올
지 모르겠지만 경기도 너른고을 광주시(廣州市)이다. 서울시와 근
거리에 위치한 수도권에 속해있는 도농복합도시로 날이 갈수록 인
구가 증가하고 있는 지역이며 경강선 전철 개통으로 예전보다 더
쉽고 빠르고 편리하게 도심지역으로 이동할 수 있게 되었다.

경강선이 지나는 초월역.

오늘은 경복궁역 3번 출구에서 친구들과 약속이 있어 초월역에서 전철을 탔는데 아무리 둘러봐도 빈 좌석이 하나도 없다. 그만큼 전철을 이용하는 사람들이 많은 것이다. 십여 분 후 판교역에 도착, 환승을 위해 이동하여 또 환승을 하고 난 후 목적지인 경복궁역에 도착했다. 확실히 버스보다 빠르고 차량 정체와도 관계없는 데다가 운행시간표에 따른 승차를 할 수 있어 상당히 편리하다는 것을 실감했다.

　몇 년 전, 경강선이 개통되고 난 후 우리 마을에도 서울 도심과 인근 도시에서 이주해 온 사람들이 많아졌다. 특히 마을 뒷산을 오르내리다 보니 처음 본 얼굴들이 자꾸 늘어나고 곤지암천의 산책로로 운동을 나오는 사람들도 꾸준히 늘어나고 있는 추세다. 그래서일까? 몇 집 건너마다 편의점이 들어서고 식당과 상점들도 꾸준히 늘어나고 있다.

교통이 편리하다.

경강선이 광주시를 지나는 구간의 역은 삼동, 광주, 초월, 곤지암의 4개 역이다. 특히 초월역은 언제든지 쉽게 접근하기 좋은 곳에 자리 잡고 있다. 통근 및 통학하는 직장인과 학생들 또 나와 같은 주부들도 자주 이용하게 된다.

어느 사이, 여백으로 헐렁했던 빈 땅에는 건축물과 주택 및 아파트가 쑥쑥 들어섰고 지금도 계속 들어서고 있다.

문득, 어린 시절 뛰놀았던 논두렁 밭두렁, 봄이면 냉이며 씀바귀를 캐고, 겨울이면 네 발 썰매를 탔던 논밭이며 구릉지 같은 얕으마한 동산도 추억 속으로 사라져갔다. 비포장 마차길에서 햇볕 내리쬐던 담장 밑에서 또래들과 공기놀이며 소꿉놀이했던 추억의 장소들은 분위기 있는 카페로 혹은 식당으로 주택 등으로 새롭게 바뀌어 가고 있다.

애벌레가 나뭇잎 갉아 먹어가듯 헐렁헐렁하던 여백들도 조금씩 줄어들고 또 줄어 갈 것이다. 친구들과 저녁까지 먹고 헤어져 집에 도착했는데도 늦지 않은 시간은 경강선 전철 덕분이다.

#초월역#경강선

2021. 12. 28.

2천 원의 행복

─────────────── 오후 2시, 야탑역 1번 출구에서 만나 이동하기로 새끼손가락 단단히 걸고 약속한 날이다.

초월역으로 향하는 길에 초월농협 하나로마트 내(內) 로컬푸드 직매장으로 발길을 되돌렸다. 이유인즉 오랜만에 얼굴 보기로 한 고향 친구들에게 우리 지역에서 생산된 먹음직스럽고 싱싱한 상추를 전해주고 싶은 마음에 진열대를 두리번거리며 친구들 인원에 맞춰서 상추를 구매했다.

단돈 2천 원! 로컬 농가에서는 아마도 오늘 첫새벽부터 상추를 따고 예쁘게 포장해서 로컬푸드 직매장 진열대에 보기 좋게 진열했을 것이다. 봉지 안에는 꽃상추와 로메인 상추 두 가지의 상추가 담겨있었다.

다양한 먹거리들이 유혹하듯 진열되어 있었지만 대중교통을 이용해야 하기에 들고 가기 가볍고, 받는 친구에게 불편한 마음이 들지 않게 상추를 선택했다. 그런데 웬일일까? 내가 더 좋았다. 마음

로컬푸드에서 구입한 상추.

도 흡족했다.

　20분 간격으로 운행되는 판교행 전철에 몸을 실었다. 토요일인데도 빈 좌석은 없었다. 마음 속내는 친구들 얼굴을 보고 우리 광주시에서 재배한 토종 먹거리를 전해줄 생각에 내심 싱글벙글했다.

　내가 거주하는 광주시에는 벌 수정 토마토 및 친환경 쌈 채소가 많이 재배되고 있는 지역으로 널리 알려져 있기도 하고, 또 농촌에서 나고 자란 탓에 오늘따라 괜스레 어린 시절 동심으로 되돌아 간 듯 설렘이 가득했다.

　2천 원! 단돈 2천 원의 행복으로 내 마음 물결도 찰랑거렸다.

아름다운 3월 하순의 봄날, 감사, 행복, 우정의 꽃들도 뛰어나와 화들짝 꽃 피워내고 있었다.

감사하고 행복한 유허의 소소한 일상이었다.

#상추#감사#행복

2023. 3. 27.

감사 일기

―――――――――― 요즘, 봄꽃과 함께 열풍이 불고 있는 감사!

감사 일기.

감사 메모.

하루 한 가지 이상 감사한 내용 적어보기를 유튜브 영상을 통해
실천하고 있다. 작심삼일이 될지 모르겠지
만 내 나름대로 얼마 전부터 꾸준히 메모를
해오고 있다. 그렇다고 뭐 특별한 것이 있
는 것은 절대 아니다.

단어 하나, 단 한 줄이라도 하루 일상생
활 중에 마음을 움직였던 감사한 마음을
살짝 끄집어내어 기록한다. 찬찬하게 내
속을 들여다보면서 말이다.

얼마 전, 양광모 시인의 「무료」라는 詩
를 읽었다.

감사 일기 메모장.

세상 누구에게나 공평하게 늘 선물처럼 받는 공기부터 많은 것들을 단돈 1원 한 장 지급하지 않고도 무한 제공의 그 감사함을 잊어버리고 지낼 때가 많다는 것을 깨달았다. 그저 당연한 듯, 익숙해져 있는, 무료에 대해, 공짜라는 단어에 나 또한 그 귀함을 귀하다고 미처 생각하지 못할 때가 더더욱 많았다.

　감사는 행복을 낳는다고 한다.

　그렇다! 행복이 뭐 그리 거창하거나 또 화려하지 않더라도 아주 작은 것부터 행복하다는 것을 알게 되었다. 봉사단의 단원으로 일손을 거든지도 벌써 서너 달이 넘어간다. 봉사하고 나면 유독 더 행복감을 얻는다. 나눔도 봉사도 감사도 행복으로 가는 지름길이라는 걸 이제야 안다.

　오늘, 감사 일기에는 자원봉사단 밑반찬 봉사라고 또박또박 적어야겠다.

#메모#작심삼일#행복#지름길

2023. 4. 7.

마음 안경

─────────── 2021년 3월의 끝자락, 미세먼지 예보가 최악이라던 날! 흰머리 변장을 그것도 감쪽같이 하기 위해 단골미용실로 향한다.

그 찰나, 왜 그런지 이상스럽게 허전하다. 분명 뭔가를 빼놓고 나온 듯한 느낌이다. 그럼 그렇지! 내 예감은 먼저 두 눈이 신호를 보내왔다. 안경을 빼놓고 나온 것이다.

암만 보아도 사물이 침침해 보인다. 물체며 깨알 같은 글씨는 아예 넘겨짚듯 아니면 지레짐작으로 훑어 내려간다. 이렇듯 잠깐 한 시간 정도의 시간이 흘렀는데 빈자리 표가 나듯 썰렁함도 따라붙는다.

우리 세대는 노안이라는 이유로 그러려니 하겠지만 정말 시력으로 고생하거나 불편을 감수해야 하는 장애가 있는 분들을 떠올려본다. 그러면서 나 또한 소중한 신체를 잘 관리하면서 살아가야겠다는 것을 새삼 더 느낀다.

고마움을 새까맣게 잊어버리고 지낼 때가 너무 많다. 어디 또 그

요렇게 벗어놓고는 깜박.

뿐만인가? 마음자리까지 잘 보이는, 그런 마음 안경 하나쯤 내 안 어디쯤 비치해놓고 있어야 하지 않을까?

   때때로 현실을 바로 직시하지 못할 때 유리알보다 더 잘 보이는 나만의 렌즈로 마음 속속까지 훤히 들여다볼 수 있는 안경 하나쯤 모셔 두어야겠다. 혹여 오늘처럼 깜빡하고 외출했을 때 내면의 형체 없는 마음 안경으로 잘 보이는 그런 안경 하나쯤 마음 창에 넣어 두자.

#마음안경#내면#속마음

2021. 4. 10.

다가구주택

─────────── 며칠 전, 자전거 도로를 걷다가 다가구주택 이삼 층 건물에 여러 가구가 촘촘히 모여 사는 낯선 이웃을 발견했어요.

핵가족에 홀로 사는 세대가 많다 보니 평수는 그저 아담한 구조 같아 보이고요. 주인장 이름은 알 것 같은데 가물가물 입안에서 뱅

최대한 확대해서 찍어봤죠.

뱅 맴돌기만 해요. 제비인가 했더니 참새 같기도 해요.

어쩜 집터도 예술이에요 풍수라도 봤는지 다리 난간 틈새에 터를 잡고 현대식 신공법의 기술로 집을 지었네요. 스티로폼 조각에 마른 풀 등걸 등을 물어다가 보금자리 집을 잘도 지었어요.

어미는 먹이 사냥을 다녀와 어린 새끼 입에 밥 넣어주고 그러면서도 늘 경계태세로 주변을 요리조리 관찰하며 들락거려요.

저 작은 몸집으로 사람들이 쓰다만 자재를 재활용해 돈 한 푼 들이지 않고 자기들만의 살기 편한 공간으로 건축했네요.

위치도 기막히게 좋아요. 쭉 뻗은 자전거 도로에 경강선 전철이 지나고 곤지암천에서 내려오는 냇물이 흐르는, 또 매일 놀러 나오는 청둥오리며 고니가족에 산책 나와 걷는 사람들도 훤히 내려다볼 수 있는 그런 교각 틈새에 안전하게도 터를 잡았군요.

혹, 친구들 불러모아 집 구경은 시켜줬나요?

혹, 달방은 아닌가요?

궁금해요.

#곤지암천#교각#산책도로

2020. 6. 15.

쉿!

"담배 연기"

창문을 열어놓는 시절이라 담배연기
바람처럼 솔솔 스며들어도

"부탁, 부탁 드리겠습니다"

누군가 엘리베이터 벽면에 붙여놓은 문구.

──────────── 하지를 막 넘긴 유월 하순의 끝머리다. 운동을 다녀오기 위해 엘리베이터를 타고 벽면을 휙 둘러본다. 그러고는 벽에 붙어있는 낯선 내용을 읽다가 카메라에 한 컷 담았다.

쉿!

담배 연기!

요즘은 무더위로 문을 활짝 열고 사는 사람들이 많다. 시절이 좋아져 필수품이 된 에어컨으로 무더위와 습한 기운을 덜어내며 지내지만 에어컨을 틀어놓고 있더라도 가끔 실내 환기도 할 겸 창문을 열어놓고 생활하는 가정들도 많을 것이다.

이럴 때 위아래층에서 소리소문없는 담배 연기가 집 안으로 몰래 스며들면 담배를 피우지 않는 사람들은 눈살을 찌푸리게 된다. 누구든지 간접흡연일지라도 담배 연기를 좋아하는 사람은 없을 게다.

요즘이야 어디를 가도 흡연구역이 별도로 마련되어 있거나 아니면 남들 눈치를 보면서 흡연을 하는 시절이지만, 가끔은 굴뚝 끝에서 몽글몽글 새어 나오는 연기처럼 코끝으로 담배 연기가 스며들어 올 때 집 밖에서 피우면 좋겠다는 마음이 든다.

문을 꽉꽉 닫아걸고 담배 연기가 접근하지 못하도록 나름의 새콤 장치로 무언의 담장 아닌 담장을 쌓곤 한다.

아주 오래전, 이따금 스며오는 담배 연기에 불편했었던 적이 하루에도 두어 번은 있었다. 안방 화장실에서, 베란다에서, 주방 및 뒷 베란다에서…… 누군가는 기호식품을 먹듯 담배를 피우며 작은 만족감을 얻을진 몰라도 다른 한편에선 담배 연기로 불편을 마주하게 되는 것이다.

언제부터인지 흡연 및 금연 구역의 지정으로 담뱃재를 털거나 담 배꽁초를 집어넣던 재떨이도 보기 힘들어졌지만 여전히 담배 연기 는 불청객처럼 찾아들곤 한다.

우리, 서로 조금씩 이해와 양보 또 배려하며 살아가자.

쉿,

담배 연기!

#배려#양보#담배연기

2022. 6. 29.

컵라면 먹다

———————— 초월읍 대쌍령리에서 몇 가지 일을 보고 난후, 걷기 좋아하는 나는 운동 겸 걸어갈 생각으로 산책로 진입을 위해 걸음을 옮기던 중, 아뿔싸 시간을 보니 1시 50분이었다. 점심시간이 한참 지난 것도 있지만, 그보다 내 위장에서 배가 고프다는 신호를 계속 보내오고 있다.

어쩌나, 아무리 주변을 둘러보아도 식당이나 마트며 빵집같이 간단히 요기라도 할 만한 곳이 없어 보였던 찰나, 건너편 편의점 간판이 눈에 얼비쳐왔다. 배가 고픈 데도 힘이 솟아났다. 곧바로 2차선도로를 건너 편의점으로 들어갔다. 주인아주머니에게 컵라면을 먹고 갈 수 있느냐고 물었더니 먹고 가도 된다는 긍정의 답을 주었다. 어설프지만 나는 잽싸게 컵라면에 뜨거운 물을 붓고는 창가 간이의자에 걸터앉았다.

편의점에 들어와 컵라면을 먹어보는 일은 난생처음이었다. 그도 그럴 것이 삼시 세 끼 식사를 준비하는 주부이다 보니 컵라면 먹을

일이 거의 없었다. 오늘 쉽지 않은 체험으로 요기도 하며 위장을 다독거리는 경험을 해 본다는 게 괜스레 기분이 좋았다. 거기다가 맛도 좋았다.

소소한 일상에서 컵라면 하나로도 작은 기쁨과 행복과 감사함을 맘껏 누리고는 편의점을 빠져나와 산책로 도로를 따라 걷기 시작했다. 그것도 교련 시간에 선생님의 구호에 따라 씩씩하고 늠름하게 허리를 곧게 편 채 걸었던 옛 시절을 흉내까지 내며 걸었다. 걸음 수가 만 이천 보였다.

문득, 아주 비싼 컵라면을 마주했던 지난 기억들도 스쳐왔다. 서유럽 여행 시 스위스에 있는 융프라우 관광지에서 달고 맛있는 컵라면을 먹고 있던 남쪽 지방 여행객들의 모습도 떠올랐다. 어떤 여행객은 컵라면이 비싸다는 말을 전해 들었는지 숙소에서 뜨거운 물을 미리 준비해 오고 아예 한국에서 컵라면을 가지고 와 융프라우에서 근사하게 있는 폼까지 잡아가며 컵라면을 먹던 모습도 떠올랐다. 가끔은 요긴하게 한 끼 식사며 간식이 되곤 하는 컵라면을 오늘같이 맛있게 먹은 일은 손꼽을 정도이지만 그래도 잠시 배고픔도 위로하듯 달래주며 편의점 창가에 앉아 밖의 풍경을 바라보며 먹은 컵라면은 그야말로 명품 식사였다. 하기야 시장이 반찬이고 배가 고프면 뭐든지 다 맛있지 않겠는가?

눈물 젖은 빵을 먹어보면, 밥을 먹는다는 것이 얼마나 소중한 것인지를 알게 된다고 늘 말씀하셨던 아버지의 밥상머리 교육도 생각났다.

오래전, 우리나라에도 어렵던 시절 보릿고개라는 말이 있었다. 요즘 젊은 세대들은 아마도 전래동화에서나 읽어 봤을 이야기는 아닐는지, 그렇다, 새삼 음식을 먹는다는 것은 생명이 살아있다는 것으로 진정 거룩하고 거룩한 일이다.

오늘도 감사하다.

#편의점#컵라면

2023. 3. 24.

2부
아욱국을 끓이다

차 한잔 어떨까요

예로부터 자연부락이던 마을에 아파트와 다가구주택 및 빌라와 전원주택이 촘촘하게 들어서면서 빈터를 계속 메워나가고 있다.

일명 원주민, 또는 본토라고 부르는 자연부락 주민들 외에 타 지역에서 거주지를 옮겨온 사람들이 원주민보다 더 많을 정도로 마을 주민의 수도 계속 증가하고 있다.

어느 순간, 대대손손 텃밭으로 고추며 푸성귀 등의 밭작물을 키워내던 빈터였던 마을 중심부에는 아담한 교회가 들어섰고 또 교회 부속 건축물에 카페가 들어온 지도 여러 해의 시간이 흘렀다.

그러다 보니 교회의 성도들만 이용하는 게 아닌 우리 마을 주민들도 언제든 찾아가 이웃들 간 소통의 공간으로 이용하는 곳이기도 하다. 더군다나 시대의 변화로 집에서 만남보다는 동네 카페를 찾아서 서로 간 안부도 묻고 답을 하며 사는 시절이다.

번개처럼 가끔 만나 서로 사는 이야기들을 술술 풀어내며 새로운

차 한잔 마시고 싶어진다.

정보나 음식 만들기의 비법이며 알고 있으면 유용한 생활 속에서의 여러 팁도 공유한다. 가끔은 속엔 말도 배시시, 우당땅 뱉어내기도 한다. 대문 확 열어젖히듯 마음 문도 활짝 열어, 터트린 말 경청해가며 토닥토닥 마음결까지 어루만져주는 그런 대화를 나누는 쉼의 공간이기도 하다.

특히 카페 테라스는 다른 곳에 비해서 주차하기도 매우 원활하고, 요즘같이 경기침체와 물가 상승의 시절에 커피 및 각 메뉴 값의 가성비도 좋다.

편안한 분위기라 그런지 마을 사람들이 많이 이용하는 공간이다. 때론 하루가 멀다하고 낯익은 공간에서 낯익은 얼굴들과 낯익은 마음결을 지닌 사람들을 만나기도 한다.

깔끔한 공간.

커피 한 잔을 마시게 되면 커피 값의 일부가 해외 및 국내 선교 등의 좋은 일에 사용된다고 하니, 커피 한잔을 마시며 간접적으로 선한 일도 하게 되는 것이다.

다른 장소에서 마시는 커피와는 전혀 의미가 다르지 않은가?

봄날, 봄의 전령사가 왔다 갔다 하며 봄바람이 마음 한쪽을 마구 후벼오거나 누군가와 따끈한 차 한잔 마시고 싶어질 때, 아니면 이웃들끼리 지인들끼리 편하게 오가며 마음과 마음을 교류하는 소통을 하고 싶을 때 자연부락의 사랑방 같은 공간에서 우리 차 한잔 어떨까요.

사람 내음이 촉촉하게 깔린 그곳에 가면 환한 미소로 교회 자원봉사자들이 반갑게 맞아 주는 곳!

혹여 미세먼지로 외출 자제, 바싹 마른 잡풀처럼 마음이 건조해지거든, 카페 테라스에서 차 한잔 또 어떨까요?

#선교후원#초월읍#카페테라스#소통공간#자연부락

2023. 3. 10.

아욱국을 끓이다

──────────── 한국 세시풍속 사전에는 가을에 먹는 아욱
국은 백년손님 사위에게만 먹인다고 할 정도로 맛이 있고 몸에도
이롭다고 한다. 특히 아욱국은 나처럼 나이가 들어가는 사람들이
더 좋아하는 먹거리 음식 중 하나이기도 하다.

이웃 나라 중국에서도 아욱은 채소의 왕이라 불릴 정도로 대다수
사람이 선호하는 먹거리라 한다. 그도 그럴 것이 아욱은 영양이 풍
부하고 칼슘도 넉넉하여 성장기 아이들 발육에 이롭고 식이섬유가
풍부해서 변비 해소에도 아주 효과적이라고 한다. 예로부터 가을
아욱국은 문 닫고 먹는다는 속담이 있을 정도로 좋은 먹거리로 알
려져 왔다.

입춘을 한참 전에 넘기긴 했지만, 아직은 날씨가 차갑다. 겨울 끝
자락에서 봄의 계절로 이동하고 있는 영하의 한파 예보가 뉴스의
첫 면을 장식하는 오늘 같은 날, 몸에 이롭기도 하고 때마침 냉동실
에 얼려둔 초월읍 서하리 농가에서 산 아욱 덩어리를 꺼내 아욱국

아욱국.

을 끓인다.

　국물용 멸치를 우려내어 된장을 풀고는 아주 심심하게 끓여 보았다. 그것도 약한 불에 은근하게 끓여냈더니 달궈져서 그런지 맛이 더 좋았다. 아욱 건더기도 부들부들하게 부드럽고 국물도 심심하니 숭늉처럼 먹기에도 참 좋았다.

　어릴 적 엄마표 아욱국에는 감자도 썰어 넣고, 수제비도 떼어 넣고, 경안천 상류에서 잡아 온 다슬기도 한 줌 넣어 끓였다. 그 당시에는 별반 맛을 느끼지 못했는데 나이를 먹으면서 그 맛이 그리워진다.

　아욱은 끓이기 전에 손빨래하듯 비벼가며 씻어야 더 부드럽고 맛이 좋다고 한다. 언제든 아욱국을 끓이기만 하면 어렴풋이 기억되는 어린 시절의 둥근 추억들이 꼭 따라붙는다.

　그래서일까? 물리거나 싫지 않은 그 달큼한 아욱국 속에 젊은 시절 어머니의 모습도 얼비친다.

　어머, 저 봄꽃 좀 봐!

　내 얼굴에도 한가득 피고 있다.

　#다슬기#경안천상류#서하리농가

2023. 2. 21.

도서관 다녀오다

———————— 근거리에 초월도서관에 있어 언제든지 도서관을 자유롭게 이용하고 있다. 운동이나 산책 겸 자전거 도로를 따라 도서관을 오고 가며 걷기도 한다.

2023년 1월 하순 한파주의보가 내려졌지만, 한낮의 햇살은 어머니 가슴 마냥 따습기만 하다. 그 볕을 잔뜩 받으며 빌려 온 책을 읽어볼 생각에 발걸음은 더 가벼웠다.

전영애 작가의 『인생을 배우다』, 성석제 소설가의 『소풍』 두 권을 빌려왔다. 문득 공간을 떠올려본다. 집에서 책을 읽는 것보다는 도서관에 와서 책을 읽을 때 집중이 더 잘되는 것은 분명 공간의 차이 때문이 아닐까 한다.

도서관을 이용하는 분들 중, 나보다 연배가 더 돼 보이는 분들을 보게 되면, 나도 괜히 힘이 난다. 어떤 책을 보는지 쓸데없는 충동이 생기기도 한다.

가슴에 와닿는 책을 추천받고도 싶어진다. 하기야 요즘 시절에

전영애 교수의 산문집.　　　　　　　　　　　　성석제 소설가의 산문집.

말도 안 되는 생각일진 모르겠지만 내 작은 마음 골방에서 일렁거리는 숨결이니 어디 부끄럽다 숨기겠는가?

그렇다. 훗날 더 나이 들어 책 읽기는 소소하게 내 일상의 행복을 높여 줄 것이란 짐작도 미리 해본다.

외로우니까 사람이다, 시 구절처럼 그 외로움을 즐기는 것 중 또 하나는 책 읽기가 아닐는지?

도서관에서 빌려다 놓은 책을 소꿉친구들과 소꿉놀이 하듯 설레는 가슴으로 읽어내려가는데 와! 설렘들 무리 지어 다가온다.

#초월도서관#양식#감사#독서

2023. 2. 1.

광역버스 이용하다

─────────────── 2023년 1월 27일, 얼음 칼날을 세운 한파는 오늘도 진행 중이다. 큰 도로에는 눈이 싹 녹았지만, 마을 안쪽이나 또 인도에는 엉겨 붙은 얼음이며 흰 눈이 자기들끼리 똘똘 뭉쳐 제법 텃새 시늉을 하는 그런 날이다.

서울에 볼일이 있어 우리 지역을 거치는 광역버스를 탔다. 광역버스는 교통 문제를 해결하기 위하여 서울과 수도권의 주요 도시를 연결하여 운행하는 버스이다.

우리 지역에서도 서울 잠실, 양재, 천호동 방향으로 운행하는 버스노선이 있고 또 배차시간도 길지 않아 편리하게 이용하고 있다. 출근 시간대를 넘긴 때라 그런지 빈 좌석은 많았지만 나는 두 손 가득 짐을 들고 버스에 올랐다.

복정동 행정복지센터 정류장에서 미리 내릴 준비를 하려고 일어섰더니 버스 기사가 앉으라고 한다.

혹여라도 서있다가 넘어질까 염려해서 하는 말이라는 걸 모를 리

없는 나는 아무 대꾸 없이 초등학교 시절 선생님 말씀을 잘 따르는 학생같이 다시 의자에 앉았다. 그런데 정말 목적지 정류장이었다.

나는 다시 일어났다. 그랬더니, 기사 양반이 퉁명스러운 목소리로 "아줌마, 앉으라니까 왜 그래요"라며 퉁명스러운 음성으로 목소리 톤을 한껏 울리며 소리쳤다. 나는 충분히 인지했고 이해도 되지만 기사가 승객을 대하는 말투며 표정이 무척이나 불쾌했다. 버스에서 내리긴 했지만, 그 불쾌감은 손을 씻지 않은 듯 뇌리에 한참 동안 틀어박혔다. 다수의 고객인 승객을 상대하다 보면 나를 비롯해 별의별 사람이 많을 거란 예측은 하지만 분명 이건 아니었다.

운전을 업으로 하는 소중한 직업의식에서는 뭔지 모를 부족함이 땅 위에 널브러진 폐휴지처럼 가득했다. 이건 아니라며 기사님께 얘기하고 싶었지만, 꾹꾹 눌러 참은 내 마음 그 안쪽에 깔린 쓸쓰레

서울 방향으로 나가는 버스에 탑승하고

함은 달리 표현할 수 없었다.

　매스컴에서 흘러나오는 겨울 한파며 또 인플레이션으로 인한 물가 상승 등으로 세상이 살기 힘들다고 말하는 이 시절에 너와 내가 조금 더 훈훈한 온돌방의 아랫목 같은 따스함으로 가마솥 숭늉 같은 구수한 언어들을 주고받았으면 더 좋겠다. 그래서 서로의 마음 안쪽을 쓰다듬을 수 있었으면 참 좋겠다. 어쩌다 이용하는 대중교통이지만 이용할 때에는 나 또한 신경을 써야겠다.

　입석 탑승이 금지되어있는 광역버스 이용으로 승객들의 안전을 위한 기사님의 입장도 생각하며 말이다. 누구 할 것 없이 우리 지역 주민으로 또 광주시 시민으로서 찬란한 대한민국 국민이 되어보자.

#광주시#광역버스#동원대#강변역#잠실역

2023. 1. 29.

노각

밭에서 지금 막 따왔다는 노각 서너 개를 반짝 선물로 받았다. 먼저 깨끗하게 씻어낸 후 겉껍질부터 벗겨내면 보드라운 속살이 수줍어하며 제 몸을 살짝 드러낸다.

여름철 반찬으로는 제격이라 그런지 수분도 많고 손에 닿는 감촉도 싫지는 않다. 벗겨 낸 속살을 가지런히 썰어 굵은 소금을 넣고 숨을 죽이면 그 기세 좋고 당당하던 모습은 언제 그랬나 싶게 나긋나긋 부드러워진다.

주부들이 반찬을 만들어 식탁에 올리는 과정도 여러 번의 손길이 닿아야 하고 여름철 반찬 만들기는 다른 계절에 비해 손이 많이 가는 것은 사실이다. 사십 년의 주부경력, 꽤 높은 구력이라고 할 수 있겠지만 이 또한 경험을 무시할 수 없는 손맛이란 탁월한 솜씨가 필요한 것이다.

노각의 겉껍질은 단단하다. 아마도 자기보호를 위한 식물의 생존본능일 것이리라!

새로운 품종.

오늘, 저녁 밥상에는 여름 반찬들로 즐비하다. 노각무침, 애호박 볶음, 가지나물, 오이지무침, 상추 등 이만하면 엄마표 집밥 밥상으로 충분하다고 적어봐도 괜찮을 것 같다. 텃밭에서 금방 따온 아삭이 고추도 저녁 밥상 대열에 당연한 듯 끼어들었다. 그러고 보니 어릴 적 주로 먹었던 반찬들이다.

냉장고가 없던 시절 매 끼니 밥상 준비로 어머니들은 눈코 뜰 새 없이 바쁜 시절을 사셨다. 이삼일에 한 번씩 텃밭에 심어놓은 얼갈이와 열무로 김치를 자주 담그셨고 노각무침이 밥상에 올라온 날은 온 식구가 고추장에 들기름을 넣어 비비고 비벼서 밥 한 그릇씩 뚝딱 비워내기도 했다.

고향 집 마루에 빙 둘러앉아 부모님과 고만고만하던 형제자매들, 김이 모락모락 피어오르던 둥근 밥상은 저 산 능선으로 피어오르는 구름 자락처럼 아름다움으로 다가온다.

오랜만에 노각무침에 들기름 좀 넣고 비벼봐야겠다.

침이 고인다.

#노각#여름반찬#추억#감사

2021. 7. 15.

오십견 진단받다

──────── 오십견, 오십견이라 말하지만 다른 용어로
는 동결견이라고도 표기한다. 원인은 대부분 노화 또는 운동 부족
으로 올 수 있고 심한 통증은 유독 야간에 더 심하다.

내 증상과 너무 비슷하다. 특별한 외상이 없이 어깨에 통증이 발
생하고 그 통증으로 어깨 움직임에 지장이 생기는 질환이라고 한다.

그동안 남의 이야기인 줄만 알고 지내왔다. 얼마 전부터 오른쪽
어깨가 불편했는데 뭐 대수롭지 않게 있다가 동네 한의원에서 침을
맞고 물리치료도 받았다. 아니, 이상하다. 낫는 기미는 보이지 않고
어깨가 조금씩 더 부자연스러워졌다. 밤에는 통증을 선물로 받은
것 같이 몸 요기조기에서 이상 신호를 슬금슬금 보내왔다. 내심 안
되겠다 싶어 정형외과를 찾았다. 진료를 받은 결과, 오십견 진단을
받았다.

오십견이라 말씀하시는 담당 의사에게 나는 의아하다는 듯, 아
니, 오십견이라고요? 여태껏 남의 일이라 생각했던 내 판단은 완전

착시였다. 꼼짝없이 초음파 검사와 함께 스테로이드 주사를 두 곳에 맞았다. 나잇살이 있어서인지 주사를 맞으며 이픈 통증은 좀 참을 만했다.

인생길을 걷다 보면 그 누구라도 비껴갈 수 없는 것 중, 질병이 오고 가는 것일 것이다. 가는 주삿바늘 속을 통과한 약 성분은 스테로이드 물질이라 한다. 몸은 묵직하고 뻐근하다는 신호를 뇌리로 금방 보내왔고 간호사의 유의사항도 첨부서류같이 따라붙었다.

○○○님! 주사 맞은 부위 오늘은 물 닿지 않도록 하고, 스트레칭 꾸준히 하면서 최대한 아픈 쪽 어깨 사용을 자제하고, 수면 중 한쪽으로만 눕지 않도록 하시고, 일주일에 두어 번 물리치료 받으러 내원하고, 처방 약 잘 드시라는 꼼꼼하고 친절한 주의사항을 실타래

풀어내듯 펼쳐내고 있었다.

어깨를 아끼라는 말은 필수처럼 듣고 왔지만 어쩌겠는가, 집에 돌아와 이른 저녁을 준비한다. 주부, 어머니, 여자, 아내라는 크고 작은 여러 개의 꼬리표를 붙이고 살아가지 않는가?

오늘도 유튜브 영상을 보며 쌀을 씻고 오징어 볶음도 준비하고 삼삼하게 익어가는 김장김치도 먹기 좋게 썰어 담았다.

유튜브 영상 중, "글쓰기에서 순간 떠오른 영감은 정신적인 설사다"라는 내용은 두어 시간이 지났는데도 생생하게 남아있다.

#오십견#스테로이드주사#정형외과#스트레칭#물리치료

2022. 12. 26.

라인댄스

가을비가 조용히 내리는 날, 우산을 쓰고 낭만이란 구식 단어를 떠올리며 마을 중앙에 있는 교회 문화교실로 향합니다.

지난밤부터 쉼 없이 비가 내립니다. 연습할 첫 작품은 비와 어울리는 곡으로 선생님의 동작에 따라 창작이 아닌 모방을 해나갑니다. 그런데 내 머릿속 뇌 회로에 접속이 잘 안됩니다.

이론으로는 이해가 되지만, 이거 참 어쩝니까? 동작 하나하나가 소통이 아닌 불통이 되고 옆 사람 커닝도 뭘 알아야 대충 넘겨짚기라도 하겠는데 동작들이 따로국밥 같습니다.

선생님이 알려준 동작도 돌아서면 금방 잊어버리곤 하는데 어디 저만 그럴까요. 하기야 결석을 밥 먹듯 하고 복습 예습과는 담을 쌓고 거기다가 몸치인 난 그럴 수밖에 없다는 걸 잘 알고는 있지만, 이런 줄 알았다면 학교 다닐 때 체육 시간을 더 즐겨 볼걸, 음악 시간에 신나게 노래도 불러 볼걸, 디스코장에도 더 많이 가 볼걸, 율동

가뿐한 몸.

가수의 몸짓도 따라서 더 해 볼걸, 모닥불 피워놓고 더, 더 놀아 볼걸, 현모양처로만 살지 말고 요것조것 신명 나게 더 해 볼걸!

이제, 몸치 박치 굼치로 변해버린 나에게 조용히 묻습니다. 뭐든지 젊어서 배우고 익히는 게 좋다는 걸 육십 중반에 와서 터득합니다. 그렇다고 속상해하거나 후회는 하지 않습니다.

그 반대편에는 내가 더 좋아하고 행복해하고 감사해하고 뿌듯함에 전율까지 느끼며 하는 일, 또 앞으로 계속할 수 있는 나만의 비밀스러운 일들이 있으니까요.

동작이 틀리면, 민첩하지 못하면, 노래 속 가사와 오선지 위 리듬에 껑충 올라타지 못해 불협화음이 되어 남보다 두어 눈금 더 느리고 좀 못하면 어떻습니까.

땀이 촉촉하게 흐르고, 몸에서는 수분 보충을 지시하고, 딱딱해진 몸은 미세하게나마 부드러지고, 듣지 않던 다양한 멜로디에 뜬구름 위를 걷는 묘한 착각으로 라인댄스 속 동작을 즐기면서 나만의 작은 희열을 맛보는 이 아름다움은 삶의 극치 중 또 하나가 아닐까요?

가을비가 염탐하듯 내려오는 날, 행복입니다.

#라인댄스#문화교실#초월읍

2022. 8. 30.

족욕도 소통이다

─────────────── 날씨가 찌뿌드드하던 오후, 족욕기를 꺼내 물을 넣고 온도를 올려본다. 시절이 좋아 예전 방식처럼 물을 일부러 데우지 않고도 전기 코드에 연결된 일용할 양식만 제공해주면 아무런 내색도 없이 족욕하기 딱 좋은 물의 온도로 조절이 된다.

족욕기에 발을 담가 놓고 내 몸에 대해 살펴보니 오늘처럼 꾸물꾸물한 날씨를 내 몸도 알아챈 것 같다. 몸도 저 스스로 알아서 체온 및 몸의 순환을 위해 쉼 없이 움직이고 있지만, 더 자세히 들여다보니 이 또한 영락없는 소통이라는 생각이 든다.

족욕기 안에 넣은 발이 따끈따끈해진다. 더운 열기가 담장을 기어오르듯 몸 상체 쪽으로 올라오면 금방, 등줄기에서 땀방울이 미끄럼을 타고 이마며 얼굴로 흘러나온다. 땀에 실린 노폐물이 몸 밖으로 빠져나오면 나만 알 수 있는 체내의 시원함을 덤처럼 맛본다.

몸도 자기들끼리 엉켜져 막혀있고 눌려있던 것들을 밖으로 싹 빠져나가게 한다. 체기가 쑥 뚫려 내려가듯, 따끈한 열감들이 모여 몸

안과 마음 안쪽자리까지 무언가를 주고받으며 팡팡 뚫린다. 서로 소통을 한다. 사람과의 관계에서도 소통이 참 중요하다. 매끄럽고 원할해야 서로의 관계도 좋아지고 행복의 수치도 올라가게 될 것이다.

기압이 껑충 뛰어 내려간 오늘 같은 날, 몸이며 마음 속내 곳곳까지 막힘없는 소통으로 우리 서로 통하며 살아가자.

#족욕#소통#통하다

2021. 6. 11.

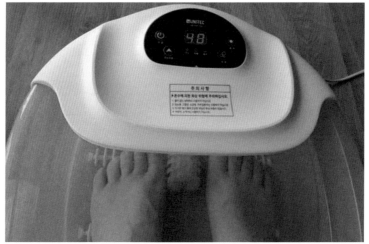

휴식도 할 겸.

부지깽이나물

─────────────── 부지깽이, 부지깽이라고 들어보셨나요? 우리 같은 세대나 혹은 농촌에서 어린 시절을 보낸 사람들은 어렴풋이 생각나는 단어이기도 해요. 나무 땔감으로 방을 덥히고 음식을 조리하던 시절이었지요. 그럴 때 아궁이에 땔감을 밀어 넣으며 활활 타고 있는 불길을 조정할 때 필요했던 부지깽이, 옛 어른들 지혜의 도구라고 말할 수 있지요.

그런데 있잖아요. 부지깽이나물도 있어요. 울릉도에서 육지로 시집왔을 것으로 추측하는 울릉도 나물이라고 알고 있거든요. 울릉도에 가면 부지깽이나물이 즐비하답니다. 명이나물과 함께 울릉도에서 자생하는 특산물 중 하나죠.

요즘이야 대량생산을 위해 재배하겠지요. 텃밭에서 뜯어온 부지깽이나물을 펄펄 끓는 물에 소금 살짝 넣고 데쳐낸 후 깨끗이 씻어 물기를 제거한 후, 조선간장으로 간을 하고 들기름에 깨소금 넣어 조물락거려 무쳐내면 부들부들하며 맛도 좋고 나물 향도 좋습니다.

나물 본연의 맛을 느끼려면 양념은 최대한 절제한 채 무쳐내야 합니다. 식물도 제각각 특유의 향을 지니고 있지요. 사람도 성질이며 목소리며 생김새며 마음결이 다 다르듯 말이죠.

　　수년 전, 부지깽이 모종을 사다가 몇 개 심었더니 자기들끼리 알아서 자라 집성촌 군락을 이루듯 영토 확장을 하는군요. 봄날이 되면 파릇파릇 움터 올라오는 부지깽이나물은 생명력도 아주 강하지요. 섬에서 자생하는 식물이라 그런 좋은 유전인자를 가졌나봐요.

　　오늘, 부지깽이나물을 무쳐보다가 문득 울릉도 생각이 또 납니다. 일주일 정도 머물며 곳곳을 걷다가 관음도 인근에서 자생하고 있던 부지깽이나물 한 움큼 뜯어다 숙소 주방에서 끓는 물에 데쳐 들기름 흠씬 넣고 금방 무쳐낸 나물이 최고 인기였던, 네 쌍 부부의

저녁 밥상에 귀한 대접을 받을 나물.

즐거웠던 여행길 모습이 고개를 내밉니다.

　때로는 반찬을 조리하면서 이런 소소한 이야기를 블로그에 옮겨
가며 오늘도 꽉 찬 하루를 살아갑니다.

　소중한 순간입니다.

#부지깽이나물#울릉도특산

2022. 5. 11.

옻순무침

더도 덜도 말고 딱 요맘때 그것도 며칠 동안만 먹을 수 있는 봄나물 중 최고라 하는 옻나무 새순이 있다. 보통 옻순이라고 부른다.

옻나무, 옻을 타는 사람은 겁이 나 아예 옻순을 먹어 볼 생각조차 못 하는 사람들도 많이 있다. 다행스럽게 나는 옻을 타지 않아 아무런 거부감 없이 잘 먹는다.

텃밭 언저리에 심어있는 옻나무의 새순을 따 펄펄 끓는 물에 살짝 데쳐서 새콤달콤하게 무쳤다. 부드럽고 달콤하니 맛도 일품이다. 옻순을 먹은 후, 옻 성분 때문인지 목구멍이 알싸해지는 것을 느낀다. 아마도 옻 성분, 아니면 옻순을 과하게 먹어 그럴 것이라는 지극히 개인적인 생각이다. 또 옻순은 무쳐서도 먹지만 장아찌를 담가 먹어도 좋다.

작년에 실험 삼아 소량의 옻순으로 장아찌를 만들어 밑반찬으로 먹어보니 그 맛도 아주 좋았다. 그러고 보니 옻나무는 버릴 것이 없

옻순, 참 연하다.

는 좋은 성분을 다량 함유하고 있다. 따뜻한 성질의 옻순과 옻나무는 우리 몸의 체온을 높여주기에 몸이 냉한 사람에게 좋다고들 한다. 또 위장을 튼튼하게 해주며 항암효과도 있고 면역력을 높여주는데 좋다는 글을 읽은 기억이 난다.

봄에는 옻순을 따 무침으로 먹고 여름철에는 보양식으로 옻닭을 즐겨 먹는다. 삼십 년 전, 난생처음 옻닭을 먹기 위해 약국에서 약을 처방받아먹고 난 후, 옻닭을 먹었는데도 옻이 살짝 올라 은근히 걱정했던 기억도 지금에 와서 돌아보니 새삼스럽기만 하다.

옻을 타는 사람들은 조심스럽다. 아주 오래전 옻닭을 먹고 옻이 올라 입원 치료를 받으며 고생했던 이웃 괴산댁의 얼굴이 떠오른다.

옻순 무침이다.

　좋은 성분이 많기도 하지만 각기 체질에 따라 다르기에 항상 조심해야 하는 점도 특별히 기억해야 한다. 숲 안이나 밭 언저리에 자생하는 옻나무를 대수롭지 않게 여겼지만, 이제는 몸에 이롭다고 해서 큰 사랑을 받고 있다.

　옻순의 그 허연 진액은 누가 함부로 자신을 건드리지 못하게 철통방어를 하는 것은 아닌지, 혹여, 울음 섞인 그의 눈물은 아닐까?

　#옻순#옻나무#무침#야산#자생

2021. 4. 26.

볼펜

——————————— 늘 당연한 듯 좀 어떠냐고 단 한 번도 묻지 않았다. 그저 냉정하기만 했다. 고맙다며 따듯한 말 한마디 해 볼 생각은 꿈에도 해보지 않은 채 인정사정없이 꾹꾹 눌러 쓰기만 했다.

흰 종이 위로 써 내려가다 매끄럽게 써지지 않을 때는 볼펜 끝을 더 세게 비벼가며 쓰기도 했다.

그도 기분이 좋거나 온도가 올라가 부드럽던 날은 어떻게 알아챘는지 내 손이 움직이는 대로 말대꾸 한번 없이 술술 매끄럽게 써 내려갈 수 있도록 통 큰 배려도 했다. 어쩌다가 은행 업무를 보러 갈 때 필수품처럼 가방에 넣어가고 또 어떤 날은 과부하가 걸린 듯이 볼펜 촉에 잉크 똥을 단단하게 매달기도 했다.

너로 하여 마트에서 구매해야 할 생필품이며 반찬거리 같은 종목들을 가지런히 적어보고, 떠오른 시상을 메모하며 누군가에게 미사여구의 단어들을 불러내 손편지를 써보기도 했다. 또. 유허의 일상 블로그에 올려볼 소재며 제목도 적어보고 감사 일기며 요런조런 세

세한 것들도 깨알같이 적어 내려갔다. 가끔은 스마트폰 메모장 코너로 특별휴가도 보내주었다.

쉿, 나와 단둘이 밀담 주고받는 오래 묵은 친구 같은 볼펜, 필기도구의 용도로 전 국민의 사랑을 듬뿍 받았지만 요즈음 손가락 클릭 하나만으로 쉽고 빠르고 편리하게 기록을 해나가는 시대인지라 볼펜이란 이름을 조금씩 잊어가고 있다.

모나미, 모나미 볼펜, 낯익은 상표가 새삼스레 기억되는 새벽 시간이다.

#볼펜#사랑#모나미#메모

2022. 4. 15.

오래된 추억

─────────────── 이십칠팔 년 전, 인근 지역에서 서예를 배웠던 기억이 쪼르르 수면 위로 올라온다.

고강 김준환 선생님께서는 서예를 배우고자 했던 지역주민에게 붓글씨를 가르쳐주셨다. 일주일에 두 번씩 꼬박 이삼 년을 붓글씨와 사람이 살아가면서 필요한 인문학에 관한 말씀과 예로부터 내려오는 예절 및 덕목 등에 관한 좋은 말씀을 아낌없이 내주셨다.

며칠 전, 서랍을 정리하다가 깊숙이 보관해놓은 선생님 서체의 글귀며 수강생들의 사기 증진을 위해 노력상, 발전상, 우수상 등의 상까지 준 흔적들을 꺼내 보며 지역주민의 정서함양에 노고를 아끼지 않았던 그 시절이 떠올랐다.

수강생 한 사람 한 사람에게 호를 지어주었는데 나에게는 말미암을 유(由), 언덕 허(墟), 저자 허, 자유롭게 맘껏 쓰라는 뜻이 담긴 내용의 호를 지어주셨다.

2020년 4월 30일, 유허의 일상 블로그 계정을 만들면서 고강 김

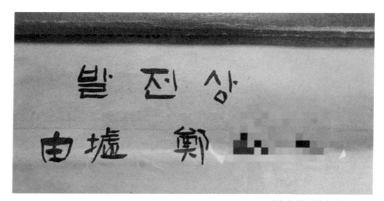

서랍 정리를 하다가 꺼내 본 추억.

수면 위로 올라오는 아름다움들.

준환 선생님께서 지어주셨던 호를 넣어 『유허의 일상』이라는 블로그 문패를 달고 내 삶의 소소한 일상을 소재로 삼아 사진을 찍고 글을 쓰며 기록해 나가고 있다.

선생님의 귀한 가르침과 서예를 배웠던 희미한 옛 기억에 지금도 변함없는 감사인사를 드린다.

나는 참 행복한 사람이다.

#고강김준환선생님#서예#블로그

2021. 4. 20.

밥을 먹는다는 것은

──────────── 10월, 높고 푸르른 가을 한낮이다. 광주시 구 시청 근방을 걷던 중 비둘기 가족이 모여 오찬을 즐기고 있는 모습을 보았다. 사람들이 옆으로 지나가고 있는데도 허기가 졌는지 먹는 일에 몰두하고 있다. 겁도 없는 자세로 옹기종기 모여 모이를 쪼아먹는 모습이 예쁘다. 비둘기들이 모이를 쪼아먹는 그 옆을 지

햐! 식사 중.

나 목적지에 다 닿을 때까지 나는 먹는 것에 대한 생각을 해보았다.

아마 비둘기 가족도 세상의 변화 물결에 편승한 핵가족인듯하다. 아니면 단출한 형제자매는 아닐까?

요즈음은 어느 가정이나 모두 바쁘게 살아가고 있기에 가족이 전부 모여 식사를 하는 것조차 힘든 시대다. 둥근 소반에 빙 둘러앉아 아버지께서 제일 먼저 수저를 들기 전까지 감히 누구도 수저를 들거나 먼저 식사를 하지 않았던 내 유년의 기억들, 아침밥과 저녁밥은 온 가족이 늘 같이 먹으면서 아버지의 밥상머리 교육이 시작되었다.

"사람은 정직해야 한다, 신용을 지켜야 한다"라고 매끼 말씀하셨던 아버지, 그 시절, 나는 우리 아버지 또 시작이네 하며 속엔 말 혼자 많이도 했다. 세월이 흘러 지나고 보니 아버지의 밥상머리 말씀이 가장 최상의 명답이었다.

걸음을 멈추곤 다가가.

오늘은 직접 상을 제조하시는 미송공예 사장님을 뵈었다. 둥근 소반을 선뜻 내어주었다. 집에 와서 요리조리 만져보고 사장님과 직원들의 귀한 손길을 다시 한번 기억해본다. 숭고한 장인 정신도 둥근 상 위에 가득 채워졌다. 먹는다는 일은 이렇듯 소중하고 귀함이고 생명을 이어주는 거룩한 일이다. 나 또한 먹는다는 이 귀함을 다시 한번 생각하며 음식을 만들어야겠다.

대단한 감사다.

#비둘기오찬#둥근소반

2021. 10. 28.

3부
블로그 첫 생일

봄날 지천을 걷다가

─────────── 만 보 걷기가 일상이 되고 있다. 자연과 친구 삼아 걷는 일도 행복한 일이다. 지천을 끼고 있는 산책로 입구로 접어들면 '오늘도 이렇게 운동할 수 있어서 감사합니다'라며 혼잣말을 하곤 한다.

춘삼월이다. 하늘은 파랗고 미세먼지 예보도 매우 좋음이라는 스마트폰 앱을 훑어본다. 하늘만 푸른 게 아니다. 나처럼 산책 나온 지역주민의 발걸음과 이웃들의 몸짓에서도 봄의 생기가 흘러나오는 것을 느낄 수 있다.

봄, 봄이라는 단어에는 희망, 꿈, 생기, 생명, 새로움, 변화 같은 언어들의 설렘을 맛볼 수 있다.

산책 나온 사람들도 설레는 봄기운을 만끽할 것이다. 바싹 마른 잡풀 더미 속에서 봄소식을 전하는 새들의 노랫소리가 새어 나온다. 바싹 다가가서 귀를 쫑긋 세우고 자세히 들여다보려는 그 순간, 새들이 설치한 무인 카메라에 내 모습이 비쳤던 걸까? 깜짝 놀란 새

전망 좋은 고층의 새집이다.

떼 가족들 몸을 피해 쏜살같이 날아간다. 몸짓으로 봐서는 영락없는 참새 가족이다. 대가족이다. 오손도손, 옹기종기 모여 앉아 가족 모임이라도 하고 있었던 걸까.

우리처럼 돌잔치, 부모님 생신날 같은 축하 자리에 사촌, 육촌, 팔촌까지 모였던 것은 아니었을까? 나는 꼼짝없는 훼방꾼이었던 건 아닐는지, 눈을 돌려 저 높고 파란 하늘을 바라본다. 마음속 깊은 골짜기까지 환해진다.

어머머, 저 앞산 한쪽 우뚝 솟은 나무 위 까치집 좀 봐. 넓은 평수를, 전망 좋은 위치에 세콤 장치까지 갖추어진 집 같다. 친환경 건축자재와 물 건너왔을 고급 재료에 나무 잔가지며 마른 풀 등걸에 진흙 등을 입에 물고 수 없이 옮겨 날랐을 까치 부부를 떠올려 본다.

순간, 바싹 말라 뼈대만 드러낸 풀 더미 속의 아담한 참새 집이 떠오른다.

참새들은 저 전망 좋고 평수 넓은 번듯한 고층의 고가주택 같은 까치집을 바라보며 무슨 생각을 했을까? 문득. 새들의 보금자리인 새의 집을 바라보면서 사람이 사는 세상과 별반 다르지 않다는 것을 느낀다.

봄날! 지천을 걷는 나는 오늘도 이 자연 속에서 삶의 지혜를 또 얻는다. 그득하게 부풀어오는 충만으로 끝없는 감사의 단어가 그림자처럼 따라붙는다. 아담하고 온기 흐르는 콘크리트 담장 안의 내 보금자리 구축 아파트로 향하며 저녁에는 뭘 해 먹을까? 아니 어떤 국을 끓여 볼까?

#새떼#산책길#새집#자연#까치집

2023. 3. 2.

핸드크림

─────────────── 기상이변일까? 때아닌 한파가 들이닥쳐 기온 체감을 느끼던 시월의 어느 날, 강동역에서 집으로 오는 광역버스를 탔다.

코로나 시절인 만큼 한적한 자리에 앉아서 차가운 손을 녹여볼 요량으로 두 손을 비볐다. 갑자기 쌀쌀해진 날씨에 손이라도 비벼서 몸 온도를 높이려고 건조해진 손을 싹싹 비벼댔다. 반대편 좌석에 나보다 서너 살 많아 보이는 분께서 "여사님, 요거 발라보세요"라고 하기에 나는 아, 예 하는 대답과 함께 핸드크림을 받았다. 크림을 짜내어 손 등이며 손가락 사이사이로 골고루 펴서 발랐다. 손은 금방 매끄러워졌고 마음까지 훈훈해졌다.

아, 그렇지! 전철에서 내려 화장실을 다녀오며 손을 씻었으니 그러리라는 혼자만의 생각을 하며 매끄러운 손을 또 한 번 싹싹 비벼대니 비벼댄 만큼 한층 더 보드라워졌다.

참 고마웠다. 핸드크림을 내주신 그분의 선한 마음결에 난 더 없

날씨도 쌀쌀해졌으니 핸드크림도 지니고 다녀야겠다.

는 감사를 드렸다. 집에 도착해서도 그 온화한 표정이 내 뇌리에 한동안 머물렀고 다시 만난다 해도 서로 알아채지 못할 그분께 유허의 일상 블로그 지면을 빌려 고마운 마음을 전한다.

#핸드크림#보습#온유

2021. 10. 22.

사소함

─────────── 연일 지루한 장마가 그것도 경보, 주의보라는 단어들을 앞세운 채 뉴스 속보가 흘러나옵니다. 마른장마라 했었는데 하늘에서 보내시는 비의 양은 예년보다 엄청 크다는 생각입니다. 사망자에 실종자 수재민 및 농가에 막대한 피해들을 속보로 접하게 되네요.

오늘은 아파트 단지 안을 걸었지요. 쉴 겸 의자에도 앉아 조용히 귀 기울여보니 까치의 노랫소리가 들려옵니다. 자기들끼리만 알고 있는 암호로 대화를 이어가니 난 풀 수 없는 방정식 문제 같다는 생각이 드는군요.

발랄한 이웃 친구들도 놀러 왔나 봐요. 이름 모를 새들의 살랑대는 저 지저귐은 박자까지 딱딱 맞춰가요.

아침나절, 요런 사소한 행복도 맛보아요. 간이의자에 앉아 대여섯 장 떨어진 나뭇잎을 쳐다보며 나뭇잎 사이로 불어오는 소슬바람을 마주하고 있으니 사소하지만, 나만의 작은 행복도 느껴보네요.

걷다가 멈추다가.

　다소곳이 의자에 앉은 내게 환영의 폭죽 같은 갈지자 바람까지 보내오는 저 나뭇잎들 살랑살랑 몸 흔들어요. 몇 방울 비는 그냥 맞아야겠어요.

#초월읍#간이의자

2020. 8. 6.

오늘 콩국수 어떨까요?

──────────── 콩국수, 오늘 점심으로 어떨까요? 또 폭염주의보 발령입니다. 삼복 중에는 여느 때보다 더 덥다는 것은 알고 있지만, 오늘도 만만치는 않습니다. 거기에 습도까지 매우 높습니다.

오늘 같은 날, 뭘 먹을까 궁리하다가 메주콩을 물에 담가 놓습니다. 불린 콩을 압력밥솥에 살짝 삶아 믹서기에 넣고 여러 번 반복해서 갈았더니 아주 곱게 갈려져 그냥 후루룩 마셔도 좋을 정도로 더구나 잣을 넣고 갈았더니 고소함이 두 배인 진한 콩 국물로 새롭게 변신했습니다.

국수를 삶고 냉장고에 미리 넣어놓은 콩 국물에 얼음조각과 텃밭에서 금방 따온 오이까지 채 썰어 고명처럼 얹으니 그야말로 최고의 진품 콩국수입니다.

밭의 고기라 지칭하는 콩으로 단백질 섭취도 함께하니 위장도 편하다는 안부를 보내옵니다. 당연히 맛도 좋습니다. 시절이 좋아져 집에서도 손쉽게 콩물을 만들 수 있고 시중에서 만들어 판매하는

콩물을 사서 먹어도 별 손색은 없겠지요.

　예전에 믹서기가 없던 시절, 어머니들은 맷돌을 이용해서 불린 콩을 갈고 콩국수를 만들어 드셨지요. 농가에서는 직접 밀을 심고 수확한 통밀을 시내 장터에 있는 국수 공장에서 국수로 만들어, 그 국수 삶아 어머니표 콩국수로 한여름 더위를 쫓기도 했지요. 벌써 입안 가득 침이 고이네요.

　블로그 구독님! 오늘, 삼복더위에 얼음 동동 올려진 시원하고 고소한 콩국수 한 그릇은 어떨까요?

#우리밀국수#어머니표

2021. 7. 21.

건강 밥상

──────────── 둥근 소반이 정겹습니다. 음식은 텃밭을 일구어 심고 가꾼 재료들로 만든 것들입니다. 비트가 수줍은 듯 몸을 붉힙니다. 문득, 온 가족이 빙 둘러앉아 매끼 식사를 했던 옛 시절의 모습이 한둘씩 떠오릅니다.

아버지가 수저를 드신 후, 무언의 질서 속에 식사했었지요. 아버지의 잔소리가 빠지지 않던 그 시절의 밥상머리 교육이었지요. "성실해야 한다, 신용을 지켜야 한다, 노력해야 한다" 특별 반찬 같은 말씀을 매끼 듣고 자랐지요.

세월이 지나고 보니 아버지의 밥상머리 교육인 그 잔소리가 인생의 명답임을 알게 됩니다.

건강한 여름 밥상! 맵지 않은 살이 통통하게 붙은 풋고추를 양념된장에 푹 찍어 입안으로 옮기면 와, 입안에서 단물이 흥건하게 고입니다. 마약 같은 성분이 들어있는지 연거푸 풋고추를 먹게 됩니다.

둥근 밥상 위, 다소곳이 내려앉은 반찬들은 모두 유기농 재료이며 굵은 땀방울의 집합체입니다.

원래 남이 해준 밥은 꿀맛입니다. 점심을 먹고 난 후 사는 이야기
와 살아온 옛이야기로 공감대를 이어갑니다. 인근에 살고 계신 편
지 가족 선생님도 오셔서 서로 소통하다 보니 대화의 물꼬가 봇물
터지듯 막 터져 나옵니다.

훗, 점심 밥상 사진을 찍어 SNS로 딸과 아들에게 보냈더니 엄마,
건강한 밥상 깔끔해 보인다는 답을 해옵니다.

맞습니다. 자주 오는 많은 분에게 늘 건강 식단으로 밥상을 차려
주는 선배 문우님께 감사드립니다. 남에게 음식을 대접하는 일도
큰 복을 짓는 것 중 하나라고 하는데 봉송 싸듯 또 싸주신 비트와
몇 가지 먹거리로 건강한 반찬을 준비합니다.

건강한 밥상.

다시 한번 형님에게 감사드립니다.

고맙습니다.

#봄란허정분시인#곤지암읍열미리#너른고을문학#편지가족

2020. 7. 30.

詩人

——————— 때론, 전망 좋은 2층 낯선 카페에 홀로 앉아 혼자만의 평안을 맛볼 때가 있다.

자연 경관 속으로 미끄러지듯 흘러가는 내 시야와 함께, 내 안 마음 한켠에서 터져 나오는 시상들이 새로운 언어를 끄집어내려 안간힘을 쓴다.

한 해 또 한 해 신선함은 줄어들고 그 풋풋했던 아니 뜨거웠던 열정들도 조금씩 고개를 숙여가고 있는 것 또한 부인할 수 없는 현실이다. 그러면서 불어가는 나이와 함께 영글어 가는 참 내면을 발견하게 된다.

좀 더 느리게, 좀 더 배려와 양보를, 좀 더 덜어내려 애쓰게 된다. 모든 것이 자연의 이치이니 너무도 당연한 듯하다.

막 내린 뜨거운 커피를 홀짝거리는 그 찰나, 썰물과 밀물같이 스쳐 가고 또 밀려오는 낯익은 단어들도 쪼르르 지나간다. 떠오른 시어를 놓치기가 너무 아쉬워 쓰다만 쪽지와 볼펜을 꺼내 끄적거리고

호젓하게 혼자만의 평화로다.

싫어질 때 있다.

　가슴속 나만의 공간으로 뱀처럼 기어들어 가 그 언어의 흔적들을 핸드폰 저장 공간으로 옮겨도 본다.

　빛 좋고 하늘 푸르른 입춘을 막 넘긴 날, 맛있는 음식으로 위장의 포만감을 꽉 채운 듯 마음속이 뭔지 모를 충만으로 빵빵하게 차오른다. 행복이라고 표현해야 하겠다.

　물오른 생강나무의 움틈같이 내 안 골방에서도 낯선 시어며 모나지 않은 짧은 단어들이 꼬물거리며 기어 나온다.

　초월역을 향해 달려오고 있는 전동차는 봄의 전령사 같고 젊은 청춘들의 힘찬 요동 같다. 칸칸이 꿈을 싣고 달려오는 희망꽃 무리 같다. 한낮 산책 나온 고니며 청둥오리 가족들도 여유로운 모습이다.

잠시, 나는 詩人이 된다.

#초월역#느티나무#소쌍#마방집

2022. 2. 16.

봄 더덕 무침

──────────── 이맘때만 되면 더덕을 보내주는 지인이 있다.

겨울을 이겨내고 살아 돌아온 더덕이라 적어보면 좀 과할진 모르지만, 뿌리 식품 더덕은 생명력도 아주 강하다. 그러니 몸에 더할 나위 없이 귀한 먹거리 중 하나이다. 물에 씻어 물기를 뺀 후 껍질을 살살 벗겨본다.

몸에 이로운 성분이 다량 함유되어 약용 식품으로도 많이 쓰이는 더덕은 사포닌 성분이 많아 찐득찐득한 진액들이 땀방울처럼 맺혀 흘러나온다.

겉옷을 벗어낸 더덕의 시원함일까? 아니면 꾹꾹 누르고 지내왔던 농축된 삶의 앙금 같은 통증들일까? 진액이 손끝 사이로 야교의 접착력처럼 쩍쩍 달라붙으며 더덕 향이 온 집 안을 맴돈다.

그렇게 한참을 머문다. 싫지 않은 향기이다. 보내주신 분의 정성도 조미료처럼 넣어 양념한다. 어머니 손맛을 흉내는 낸다지만 어디 따라갈 수 있으려는가. 온 집 안에 더덕 향이며 봄 향기가 덩달아

따라붙는다.

활짝 핀 진달래 꽃잎처럼 발그레한 얼굴로 저녁 밥상에 당당히 올라선다. 갓 지은 쌀밥에 김치 얹듯 척척 얹어 먹으니 세상이 모두 내 것이다.

당연히 인기도 최우선순위였다.

#더덕무침#일상의소소한행복#사포닌

2021. 3. 30.

김치만두

———————— 오십견 진단을 받고 약 복용으로는 통증이 사라지지 않아 스테로이드 주사를 맞은지도 얼마 되지 않았다.

최대한 아픈 어깨 사용을 최소화하겠다는 단호한 다짐도 주부라는 근사한 이름표 앞에서는 꼼짝없이 사그라지고 만다.

내일은 구정, 명절날이다. 떡국에는 찰떡궁합처럼 함께 먹어야 맛이 좋은 김치만두가 있다. 어린 시절부터 김치만두를 만들어 떡만둣국을 먹고 커 왔으니 이번 설에도 김치만두를 준비한다.

먼저 새콤하게 익혀둔 김장김치를 송송 다지고 숙주와 당면에 양파며 대파, 두부 고기도 넉넉하게 넣고는, 갓 짜온 들기름도 듬뿍 넣어 만두 속을 만들었다. 미리 반죽해 숙성시켜 놓은 만두피 반죽을 일정한 모양으로 밀어 만두를 빚어낸다. 나만 알고 있는 비밀스러운 몇 가지들도 만두 속에 넣어 빚어본다.

설 명절에 얽힌 아름답던 추억과 젊은 시절의 부모님, 할아버지, 일가붙이들, 설빔, 세뱃돈, 눈깔사탕, 엿, 가래떡, 설렘, 손두부, 차

김치만두 만들고

례상, 코로나로 뒤바뀐 명절 풍속도며 세대 간의 변화와 사랑, 소중함과 감사함, 나이 듦 같은 것들도 풍성하게 넣어 만두를 빚어본다. 펄펄 끓는 물에 금방 삶아낸 김치만두를 한 입 베어 물면 감탄사가 절로 터져 나온다.

와! 이 맛이야.

말할 수 없는 별미인 김치만두의 추억들이 입안 가득 무리 지어 몰려왔다.

#가족#추억#긍정#행복#김치만두

2023. 1. 21.

블로그 500번째

─────────────── 블로그 유허의 일상 500번째, 이제 기록하는 일이 습관이 되었다. 소소함으로 엮어낼 내 작은 꿈 자락들에 감사한다.

2020년 4월 30일!

'4월의 끝날'이란 제목으로 블로그『유허의 일상』에 나의 소소한 일상의 글쓰기는 시작되었다. 여성단체 동료 회원이 블로그 운영을 한다며 본인의 블로그를 공유해줘서 블로그에 글을 쓰게 된 계기가 되었다.

그날 집에 들어오자마자 블로그 개설을 하고 일상의 이야기들을 쓰기 시작했다. 나는 동기 부여의 큰 수혜자가 된 사람 중 한 사람이다. 이제는 블로그에 짤막한 글쓰기는 내 몸에 습관으로 단단하게 자리 잡았다. 감사한 일이다.

작심삼일이 되지 않고 꾸준하게 이어왔고 앞으로도 꾸준히 기록해 나갈 것이다. 블로그에 글을 쓰기 시작하며 일상에서 글감들을 찾게 되고 사진을 찍어 저장하고 궁금한 부분들은 인터넷 백과사전에서 검색도 하였다.

어느 사이, 사물을 관찰하고 아주 작은 것에도 관심을 두게 되었으며 긍정의 마음으로 감사할 줄 알고, 행복도 맛보게 되었다.

"시작은 미미하지만, 끝은 창대하리라"라는 성경에서 보고 들은 구절이 막 스쳐간다.

500번째! 파이팅이다.

#유허의일상#감사일기#500번째#습관

2023. 2. 17.

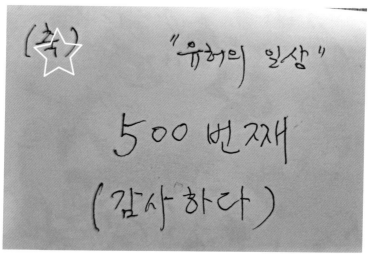

유허의 일상 블로그 2020년 4월 30일 시작하여 500번째이다.

블로그 첫 생일

어머, 베란다에 젤라륨도 생일 축하하네요.

──────── 오늘은 블로그 유허의 일상을 시작한 지 꼭 1년이 되는 생일이다.

미역국을 끓이고 축하 케이크에 꽃다발은 준비하지 않았지만, 그보다 더 값진 나만의 기쁨과 보람의 성찬을 맛보고 있다.

『유허의 일상』블로그에 소소한 일상의 이야기를 적어 블로그 구독자들과 소통도 행복하다. 마실 다니듯 이 집 저 집 기웃거리며 이웃 블로그를 찾아 함께 공감과 공유하는 일도 좋다. 그러면서 나의 일상은 통통 튀는 생기와 활력들로 시야의 지경을 조금씩 넓혀 나간다.

다양한 내용의 글을 적어 볼 수 있는, 그런 글감들을 바라보는 눈길도 예전과는 사뭇 달라졌다. 그냥, 대충, 무심하게 넘겼던 사유들을 끄집어내기도 하고 내 마음 중심부에선 새파란 꿈의 새싹들이

유허의 일상 블로그 문패.

움터 나오기도 한다.

때로는 얼굴 한번 뵌 적 없는 블로그 이웃들과 짧은 소통도 좋다. 꾸던 꿈 계속 꾸어가며 어깨를 들썩이듯 신바람이 날 때도 있다.

내 나이 칠십에 두 번째 책을 엮어 볼 계획도 가지고 있으니 블로그 곳간에 알곡 같은 글모음을 조금씩 쌓아가다 보면 나도 모르는 사이 몇 눈금 높아져 있는 또 다른 나의 모습도 발견할 것만 같다.

오늘 나 홀로 블로그 1주년을 자축하는 시간이다.

축하 행사나 차별화된 문구는 없어도 내 안의 나와 단둘이서 소곤소곤 이야기 나눠가며 유허의 일상 블로그와 열애 중이다.

소소하지만 일상의 이야기를 꾸준히 적어가며 유허의 일상과 함께하리라.

#유허의일상#꿈

2021. 4. 30.

첫물 고추

──────────────── 고추 150포기 정도 심었다. 어린 모종이 어느결에 자라 풋고추를 주렁주렁 매달고 있더니 불그레 익어갈 즈음 긴긴 장마로 인해 탄저병이 또 창궐하고 말았다.

올해에는 저농약 고추를 넉넉히 수확하겠구나, 예상했었는데 그 예상은 완전히 빗나가 버렸다.

고추 모종에 요것조것 부대비용도 쏠쏠하게 들어갔고 무엇보다도 땀방울을 수 없이 흘렸는데 어쩔거나 고추 150포기에 달랑 냉면 그릇 두 개 정도의 첫물 고추를 땄다.

하늘이 하시는 일이라며 괜히 유한 척 너스레를 떨지만 그렇다고 양이 적어 건조기에 넣을 양도 안 되니 깨끗하게 씻어서 가위로 숭덩숭덩 잘라 믹서기에 넣고 갈았다. 그러고는 봉송 싸듯 일정량씩 담아 냉동실에 넣어두었다. 열무김치나 오이소박이 또는 깍두기를 담글 때 넣으면 맛이 괜찮을 것이다.

농사전문가가 아니라 그런지 매년 고추를 심고도 제대로 된 수확

을 한 번도 하질 못해 작년에도 건 고추를 사서 김장을 했던 기억이 떠오른다. 그만큼 고추 농사짓기가 쉽지 않다.

모기들이 기승을 부리는 텃밭에 들어가 더위와 모기를 피하며 붉은 고추를 따고 물에 세척하고, 건조시켜서 꼭지를 다듬어 가루로 만들어내기까지 여러 공정이 끊임없이 요구된다. 결국은 땀방울의 집합체이다.

첫물 고추! 색깔부터 곱고 참 예쁘다. '첫' 이란 단어는 새로움과 희망 또 꿈을 표현하듯, 김치맛은 서너 배 상승하리라는 생각이다.

청양고추도 섞여 있으니 매콤 달달함도 함께 하리라. 폭염의 날씨에 과부하를 참아가며 수고한 믹서기를 깨끗하게 씻어낸다.

#첫물고추#믹서기#냉동보관

2020. 8. 14.

봉선화를 아시나요?

─────────────── 봉선화! 어릴 적 고향 집 뒤뜰에서 보았지요. 봉선화 꽃물 들이려고 툇마루에 앉아 꽃과 잎을 따 평평한 돌 위에 얹어 놓고 소금이나 혹은 백반 넣고 조약돌로 짓이겨 손톱 위에 올려놓고는 비닐로 꼭 싸맨 후 잠을 잔 다음 날, 손톱에 예쁜 꽃물이 들여졌던 어린 시절의 풋풋한 추억들이 보글보글 올라옵니다.

봉선화 노랫말도 살짝 떠오릅니다.

봉선화는 정화작용도 할 거란 생각이 들어요.

옛날 울 밑, 우물가, 수챗구멍 지금으로 말하면 하수구라 표현해야겠죠. 그런 환경에서도 잘 자

만당 선생님이 준 봉선화 모종이 꽃을 피웠어요.

봉선화 행사에 함께했어요

라 꽃을 피우는 것을 보면 봉선화의 좋은 약리 성분도 함유돼 있을 거 같아요. 임증에도 좋다는 이야기를 들은 적이 있었으니까요.

언제 들어봐도 언제 보아도 고향같이 편하고 따뜻한 울 밑에 선 봉선화의 옛 추억들이 가득 떠오릅니다.

참 있잖아요. 우리 광주시에도 봉선화 마을이 있어요. 곤지암읍 신촌리 마을에는 봉선화를 심고 가꾸고 전국으로 나눔까지 하는 봉선화 사랑에 푹 빠진 만당 선생님이 살고 계십니다.

올여름, 새끼손톱에 봉선화 물 좀 들여야겠어요.

#봉선화#광주시

2020. 8. 20.

때론 여유롭다

─────────────── 어쩌다 발길 닿는 대로 걷다 보면 소소한 일상의 여유를 함께하곤 한다. 그리 거창하거나 특별하지 않아도, 아주 미미한 나 혼자만의 작은 일상을 소리소문없이 즐겨볼 때가 있다. 이 또한 먼저 감사라고 적어야겠다.

한 시간 정도 걷다가 귀갓길에 마시는 커피 한 잔의 여유로움은 마음 안쪽까지 배를 부르게 한다. 풍요로움이다. 누가 듣거나, 누가 읽거나, 누가 보아도 별것 아닐지는 모르겠지만 내 안의 크고 작은 방마다 상큼한 봄기운이 솔바람처럼 밀어닥친다. 화들짝 생기가 솟아오른다. 뭐 특별한 내색도 전혀 없이 마음속 방마다 LED 조명으로 교체해놓은 불빛처럼 환해져온다.

눈으로는 볼 수 없는 그렇다고 뭐 특별한 비법도 전혀 없이 말이다. 오늘도 따끈한 아메리카노 한잔에 풍덩 빠지고 만다.

저 창밖 지천으로 소풍 나온 청둥오리들의 한낮 여유와 자맥질하는 모습을 우두커니 바라본다. 모나지 않은 저 앞산의 부드러운 산

세와 희끗희끗 새치처럼 보이는 능선 위며 고속도로로 질주하며 내달리는 자동차들의 활기찬 모습에서 삶의 역동과 여유도 읽는다. 특히 오늘같이 햇살 여기저기 널브러져 있는 날, 지천을 흐르는 물살도 참 평화로워 보인다. 순간, 미세한 떨림처럼 남아있는 내 안의 얄팍한 소녀 감성인 설렘들도 보일 듯 말듯 흘러나온다. 그러고 보면 어느 것 하나 여유롭지 않은 게 없다.

조간신문에서 속보로 흘러나오는 바다 건너의 전쟁 뉴스며 피난민들의 이야기들 속에 국제사회의 술렁거림과 대선투표를 일주일 남겨놓은 각 정당의 뉴스 기삿거리들도 봄의 새싹처럼 제 몸 내밀기에 한창이다.

보통 평범 속을 걷고 있는 시민들의 삶은 아주 작은 것에 감사하

마음도 여유로워진다.

고 설레고 사랑스럽다. 아마 사는 일이 다 그러할 테고 또 그렇게 살아가고 싶은 건 아닐까 한다.

여유와 느림을 섞어가며 걷는 길도 참 아름답다. 꽁꽁 얼어붙어 있던 지천 얼음도 몸을 풀기 시작한 채 삐죽 얼굴 내민 3월, 이 봄과 함께 스르르 녹아만 간다.

얇은 얼음 조각들은 유영하듯 둥둥 떠다닌다. 봄기운을 만끽하면서 재충전하고 싶을 때는 밖으로 나가 무조건 걷자. 공원이며 지천이며 숲속이며 등에 구슬 같은 땀을 흘리고 싶거든 앞산 뒷산으로 스며 들어가 보아라.

#산책도로#감사#행복#여유

2023. 1. 19.

4부

정윤옥의 시작노트

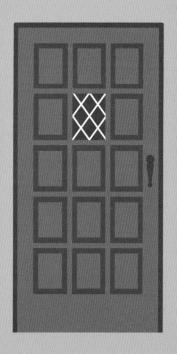

일러두기
정윤옥의 시작노트는 정윤옥의 『배꼽 인문학』에서 인용하였음.(예옥, 2017.)

엄마의 기제날

돌아가신 지 삼십 년이 다 되어도
엄마를 그리며 몇 줄짜리 시 한 편 써보지 못했다

딸 노릇 한번 제대로 해보지도 못했다

농사일로 자식들 위해 손가락이 갈퀴가 되었어도
힘들다 푸념 한번 없으셨던, 세상 모든 엄마들은
그렇게 고된 일만 하시는 줄 알았다

사춘기 딸 펜팔 편지도 다 들어주셨고
잘 썼다며 칭찬을 답장처럼 하셨다

조금씩 영글어 가는 자식들
차례차례 서울로 유학시켜 먼 세계를 염탐케 하였다

엄마의 몸에선 푸석푸석 생 먼지가 날렸던
그런 기억 애써 외면하며

굽어 비뚤어진 어머니 손가락
서까래쯤으로 피사체로 세워두었다

어머니 기제 날
삼색 과일에 골고루 차려진 상 받으시러
소리 소문 없이 다녀가셨다는 전언을 전하는 달빛 윤슬에
우리 엄마 초상화가 뜬다

시안 추모공원에서 참배.

시작노트

2022년 3월 17일 목요일, 비가 올 듯 말 듯 하늘이 어슴푸레하다. 백마터널을 지나 고향 집 언저리에 있는 오포 시안 추모공원으로 향한다.

내 나이 27살 되던 해 뇌출혈 진단을 받은 어머니는 어눌한 언어장애와 몸 한쪽이 불편하신 채로 삼 년을 고생만하다가 세상을 떠나셨다.

어느 날, 체기가 있다며 쓰러지신 후, 서울의 소문난 한방병원에 석 달 이상을 입원하여 치료를 받았지만, 뇌출혈의 후유증은 가시지 않았다. 어머니는 얼마나 힘드셨을까? 불편해신 몸으로 얼마나 많은 피눈물을 쏟으셨을까? 활달하셨던 어머니는 고향 마을에서 부녀회장으로 봉사하며 우리 육 남매를 교육시키기 위해 힘든 농사일을 아버지와 함께 해오셨다.

어머니가 돌아가신 후, 아버지는 또 얼마나 힘드셨을까? 오늘 어머니 기일이다. 오빠 댁에 모여 제를 지내다가 코로나 감염병 탓에 가족묘에서 예를 올린다. 직장 때문에 전원 참석이 불가능해 각자 미리 다녀간 흔적들을 사진과 함께 이런저런 이야기 섞어 육 남매 단톡방에도 올린다.

큰딸인 나도 시간을 낸다.

2022. 3. 17.

수납기

발이봉 정상 선들바람처럼
바람 씽씽 나오는 농협 골안지점
한쪽 귀퉁이에 우두커니 서 있는
공과금 수납기

월말 가까워지면
목구멍이 꽉 찰 때까지
우주인 특별식 같은 난 숫자와 바코드가 찍힌
얇은 종잇조각 염탐하듯 삼키곤
번역한 언어의 답례표 한 장
달랑 내밀더니

허한 속 과식으로 탈 나
응급실 밥 먹듯 갔던
해당화 마을 보라엄마같이
삼킨 난수표를 울컥울컥 다 토해내기도 한다

수납기.

마시고 내뱉고

채우고 또 내보내며

수위조절 하는 일상이 누릇한 은유

한 가닥 잡아채보면

내 안에도

나만의 바코드를 읽어내는 수납기 하나 웅크리고 있다

시작노트

7월 말일이 다가온다. 가까운 지역에 있는 은행을 방문한다. 공과금의 자동이체
건도 있지만, 내용에 따라 직접 은행 창구를 방문해야 될 경우도 있다. 은행 한
쪽에 우두커니 서 있는 공과금 수납기가 친절한 문구로 안내한다. 통장을 펴서
넣어주세요. 지로 용지를 넣어주세요, 등 상냥한 눈빛과 따스한 언어로 말을 걸
어오면 난 꼼짝없이 고분고분하게 따르고 만다.

염색을 한다

마음이야 늘 소녀,
　육십도 안 된 나이에 파뿌리 같은 흰머리, 잡초 자라듯 수북이 올
라온다
　정수리부터 단풍 들어 내려오는 길에
　나는 외출 중이다

　손 원장 손놀림
　절인 배춧잎 사이사이 양념 골고루 펴 바르듯
　노련한 놀림에 마술처럼 변하는
　나의 백년해로에 까만 먹구름이 너울지면 난 자유부인이 된다

　문득 내 안
　움터 오르는 욕심의 뿌리
　바늘구멍보다 더 좁은 소갈딱지에도 무지개를 띄우고 싶다

　속내 자유롭게 풀어놓고
　순수 심상(心想)을 키우면 행간마다 핀

야생 양귀비를 원고지 위로 옮겨볼 작정이다

길어야 한 달 안팎,

가면에 수삼 년을 숨기고

백발과 흑발의 아찔한 영토분쟁을 조정해본다

시작노트

유전적 요인으로 나이에 걸맞지 않게 흰머리가 빼곡합니다. 주기적인 염색은
벌써 오래전부터 시작되었습니다. 염색은 오로지 '희경 헤어라인' 원장님 손을
빌린답니다. 컷트에 파마며 염색까지 알아서 손 봐주시는 원장님은 마술사의
손을 가졌습니다.

코로나19 거리두기로 미용실도 예약제로 변경되었네요, 그새 또 염색해야 할
때가 돌아왔어요.

2020. 7. 15.

매운탕을 끓이며

은빛 서리들이 눈부시도록
반짝, 몸을 뒤집던 날 모닥불이 피워졌다

살금살금 실 계곡 물소리 낚아채는
피라미들 날랜 몸짓 공중을 날아오르면
햇살 튕겨난다

귓등이며 볼떼기에
하늬바람 숭숭 부딪쳐와도
상머리엔 푸성귀가 전부였던 옛날
생일상 받은 아이들처럼 우리들은 환호성을
내질렀다

경안천 상류에서 천렵하시던 아버지 따라
토장 풀고 수제비 툭 툭 떼어 넣은 매운탕 맛이
오십 년 단숨에 훌쩍 넘어
지금도 끓고 있다

바람도 겸상하자며 봇짐 풀어놓자

노을도 구름을 베고 눕는다

어항으로 잡은 물고기.

시작노트

매운탕, 특히 민물 매운탕을 좋아하는 나는 여름이면 친구들 부부와 팀을 이뤄 어항으로 물고기를 잡고 매운탕을 끓여 먹곤 한다.

집에서 담근 집표 고추장을 넣고 애호박에 풋고추며 대파까지 숭덩숭덩 썰어 넣고 끓여낸 매운탕에는 수제비가 꼭 들어가야 제맛이 난다.

2020. 5. 4.

국밥

곤지암 읍내 허름한 골목으로 들어서면 동서옥, 구일옥,
최미옥등 제각기 원조집이라는 세월을 푹 눌러쓰고
함께 늙어가고 있다

국밥 한 그릇도 보양음식이라는 문구로 손짓하며
수삼가닥 덤으로 선심 쓰듯 내놓는다
허기져 옴푹 파인 수저 위로
고봉 밥 숟가락에 머리고기 소주잔이 오고 간다
어언 삼십여 년 전
낮은 천장의 허름한 식당,
문밖 가마솥 내걸고 장작불로 푹 고아낸
입안에 착착 달라붙는 아릿한 맛은 아니라며
자판기 커피 손에 들고
서성이는 사람들 사이로 마른번개가 하늘을 가를 때
흥건하게 넘치는 음식물 쓰레기통에 파란 불꽃이 인다
세월은 흘러도 국밥 한 그릇이 데워주는 정으로
가슴께 땀방울이 미로를 헤멘다

시작노트

보통 국밥, 그것도 소머리국밥 하면 떠오르는 지역이 있다. 이미 오래전부터 소머리국밥 거리로 알려진 곤지암 읍내이다.

어제, 도심에 사는 친구 서넛이 내려왔다.

영옥아, 우리 점심 뭘 먹을까? 곤지암 소머리국밥이 유명하다니 소머리국밥을 먹자고 한다.

2020. 5. 23.

곤지암 소머리 국밥.

순자 언니

내 키보다 다섯 뼘이나 더 컸던
순자 언니 달콤한 꼬임에 빠져
꼼짝없는 서리꾼 되었지요

깊이 뿌리내린 옥수숫대 밑둥 꺾어
단물 빨다가 밭주인에게 들켜 나 살려라 줄행랑도 쳤지요

검정 고무신 한 짝 돌부리에 걸려
삼켰던 단물 눈물로 홀랑 다 쏟아내고
무릎에 이명래 고약도 발라야했지요
싸리 울타리 넘어 순자 언니네
밤낮으로 고함소리 들끓더니
어쩌나, 어쩌나 밤새 폭풍처럼 온 식구 야반도주 해버렸지요

어젯밤
비얄길 살금살금 기어오르던
앗,

금방 쪄낸 찰옥수수.

기억들 쪼르르 따라와 단잠에 빠진 꿈

꿈이었네요

고향,

추억은 늘 날개가 있어 나 있는 곳 어디에도 무소부재(無所不在)

하지요

시작노트

올여름도 습하고 덥다. 고춧가루도 매워야 제맛을 내듯 여름은 더워야 한다. 그나마 시절이 좋아 냉방기를 이용하여 더위를 쫓아내면서 밥도, 반찬도 만들며 집안일을 하고 있으니 우리 어머니 세대에 견주어 보면 얼마나 좋은 시절인가? 텃밭에서 옥수수를 따다가 금방 쪄서 먹는 맛은 이 계절에서나 맛볼 수 있다. 옥수수를 맛있게 먹으려면 밭에서 따온 즉시 곧바로 쪄야 옥수수의 진짜배기 맛을 느낀다는 이웃 아낙들의 말이 생각난다.

해마다 옥수수를 쪄 먹을 때는 순자 언니가 늘 생각이 난다.

2022. 8. 1.

오래된 기억을 더듬다

따듯한 남쪽 베트남도 겨울이란다
앞마당에 펌프가 있고
부엌 한 켠 오촉 전구등
힘들게 서있다

고철 냄비에
야자껍질 태워
저녁밥 끓이는 아낙과
아낙 등에 업힌 아이의 눈망울
오염되지 않은 자연이란 저런 것일까

시간의 필름을 거꾸로 감아보면
무쇠 가마솥 줄 맞추어 걸려있던 부엌
그을음으로 도배한 천정
아궁이 달래듯 부지갱이로 갈잎 밀어넣어
밥 짓던 어머니, 그 등에
매미처럼 붙어있던

비가 내리는 날은 따듯한 국물이 생각난다.

기억 사이로 어머니와
어머니의 어머니 같던
베트남 아낙의, 저
맑은 눈빛

시작노트
오랜만에 쌀국수 전문점 다녀왔어요. 문득 베트남 여행길이 떠오르더군요.
현지에서 현지인들의 쌀국수 참 맛있게도 먹었던 기억이 납니다.
여행하는 내내 하루도 거르지 않고 먹었습니다. 하기야 그때는 아무래도 한창
젊었으니 무엇인들 맛이 없었을까 하는 생각이 들곤 해요.

2020. 6. 26.

폭우

꾸역꾸역 다 받아
설사하듯 제방 둑 단숨에 밀어낸
냇가 황톳빛 물소리
숨 가쁘다

아예 답도 없이 밀려 내려오는
저 거친 호흡
세상을 향해
하고픈 말 얼마나 많기에

생의 길목에서 한바탕
터지라고 악을 써가며 외쳐보고 싶을 때
누구나 몇 번쯤 있었겠지

세상도
나도
수문 조절이 필요하다.

시작노트

쉼도 없이 쏟아내는 비는 80년 만의 기록적인 폭우라고 한다. 뉴스자막을 통해 속보로 전해오는 비 피해, 우리 지역 광주시에도 산사태와 재해를 입은 안타까운 사연이 속보로 뜬다. 일기예보에는 오늘 그리고 내일도 많은 양의 비가 더 내릴 거라고 한다.

잠시, 우리 지역 내 자전거 도로 겸 산책로 인근을 일부러 나가 보았다. 자전거 전용도로인 산책로가 물에 푹 잠겼고 입구에는 진입을 막는 강력한 문구의 안내 표시도 붙어있다.

목울대까지 황토물에 둘러싸여 있는 교각의 모습은 불안불안하다. 주민들로 붐비던 산책로도 뒷산 숲처럼 고요하고 거친 호흡을 뱉어내는 물살의 떨림 속 울림으로만 가득하다. 이따금 경강선의 전철은 오차 없이 약속된 시간표에 따라 줄행랑치듯 내달리고 있다. 더 이상 비 피해가 없기를 기도한다. 다만 많은 이들의 가슴속에 맞물리듯 연결돼있는 염려, 근심, 걱정, 아픔, 고통 등도 저 황토물에 씻기고 씻겨져 깨끗해지기를, 그래서 대청소라도 한 듯 가슴 뜰도 시원해졌으면 참 좋겠다.

2022. 8. 10.

길은 잠겼다.

장롱을 바라보다

깊은 밤 면벽하듯 바라본다

원시림에서 자라 생이 꺾인 채
벌크선을 타고 건너왔음직한 전신이
호두나무인

노련한 손재주로 쪼아내고 짜 맞춘
퍼즐들 집합 속에
반듯이 걸려 있는 삼색 옷들이며
네 귀퉁이에 딱 맞추어
개켜 넣은 이불 서너 채 가슴에 들여놓고

찌든 세월의 무늬
검버섯처럼 피어 있지만
물관을 잃어버린 나무는 끄떡없이
사십 년을 넘기고도
묵묵히 안방을 지키고 있다

시작노트

1980년대 티크와 월낫트(호두나무) 목재가 유행하던 시절이 있었다. 월낫트 목재로 만든 장롱, 길이가 아홉 자 반, 세월과 함께 묵묵히 안방을 지키고 있다.

2020. 10. 7.

아홉 자 반 호두나무 장롱.

벌집

푸성귀들 심던 얄으마한 비얄밭
전입신고도 없이 벌들 떼로 날아와
저들만의 맞춤집 짓고 있다
퍼즐 맞추듯
평수며 평형별 디자인에
신공법 모양새로 건축공사 한창이다
인근 전철역 개통되자
사방팔당에 신축주택이며 빌라에 아파트까지
쑥쑥 들어서고 있다
신나고 불티나게 분양 중 문구들도
대형마트 깜짝할인처럼 눈길 유혹한다
벌집 같은 집들이
산비얄까지 성큼성큼 들어서고 있는데
정작 마음속 텅빈 공간에
수레국화라도 빽빽하니 심어
한두 철
요염한 꽃빛이나 바라볼까

시작노트

초월역 전철 개통으로 타 지역에서의 인구 유입도 빠른 물살처럼 이어오고 있다. 아이들의 웃음소리와 젊은 사람들의 모습도 늘어났고 크고 작은 골목마다 이웃들의 목소리로 활기가 넘친다. 주차공간은 좁아져 가고 뒷산으로 산행하는 사람들도 늘어났다. 낯익은 사람보다 낯선 사람이 많아졌고 오밀조밀 아파트며 다가구주택들도 속속들이 벌집처럼 들어서고 있다.

묵정밭은 찾아보기 힘들어졌고 빈 땅만 보였다 하면 오밀조밀 텃밭으로 일구고 있는 새내기 이웃들의 모습이 자연스러워졌다. 여백은 줄어들고 촘촘한 모양의 벌집 같은 주택이 늘어가고 있는 도농복합도시 광주시다.

2020. 5. 12.

초월역 전철 개통.

시외버스

시외버스 안
금방 쪄낸 고구마 같은
모락모락 김이 나는 햇살 한 자락
유리창 안으로 막 들어서고 있다

삼십여 년 전 유행의 물결 타고 넘던 노랫가락도
바싹 다가 와 차표를 내민다

엉덩이는 달싹달싹
입에서는 흥얼흥얼
톡톡 튀는 목젖의 울림들이 뽀얀 흙먼지 일으켜세우고
엔진은 숨이 차 그렁그렁 하면서도
정류장 옆 극장, 야한 포스터에 그만 발기를 하고 만다

내 젊음 신고 달렸던 만원버스
구성진 안내양 입담에 귓전이 간지러웠다
울퉁불퉁 산모롱이 속을 굽이치며 기어 온

945번 버스.

삶의 희미한 흔적들로
버스 안은 늘 질펀한 장마당이다

시작노트

소머리국밥으로 널리 알려진 곤지암 읍내 버스터미널로 나갔다. 스마트폰으로 들어가 양평 방향으로 운행하는 버스노선을 검색하고 운행시간표 및 노선에 따른 타야 할 버스도 꼼꼼하게 체크 한 후, 낯선 마을을 돌고 돌아 목적지로 갈 버스에 올라탔다.

꼭 저 멀리 남쪽 지방에 내려와서 혼자 여행하는 기분으로 약간의 설렘이 마음 한복판에 머물렀다. 더군다나 버스를 타고 크고 작은 마을을 지나 목적지까지 갈 수 있어 내심 행복했다.

곤지암을 지나 열미, 만선리, 삼합리, 광주시 경계를 벗어나 양평 세월리를 지나서 강상면으로 접어드는데 벌써 도착했다는 친구들의 알림 문자가 당도했다.

웃음소리도 따라왔다.

2020. 5. 24.

한 가계를 돌아보다

산간지역의 도로를 지나다 보면
어느 번성한 가족의 가계도를 보는 듯하다

높고 쭉 뻗은 산맥은 고조부쯤
갈래처럼 나누어진 능선은 할아버지대
거기에서 요리조리 뻗어 나온 능선은
아버지대 같다

여유롭게 살아온 시절도 있어 보이는가 하면
움푹 파인 험한 벼랑의 혹독한 시절이며
어머니 젖무덤 모양의 봉긋한 봉우리가
편안해 보인다

터줏대감 그림자로 텃새 꽤나 부렸을 원주민이며
전원생할로 스며든 일가들이 띄엄띄엄
마을을 이루며
웃음꽃 철철마다 피워내는 모습들

비 온 뒤, 저 백마산 능선이 더 아름답다.

절기마다 새옷 갈아입은 산기슭에서
몇 대 손
무슨무슨파 자손이라 제 뼈대를 내세우는
이웃들의 발그레한 얼굴을 읽어본다

시작노트

해발 503미터의 백마산은 광주시 오포읍과 초월읍 경계에 있다.

같은 성씨끼리 집성촌의 군락을 이루면서 농사를 짓고, 항아리를 만들고 도자기를 굽던 마을로 인근 마을보다 현금이 잘 돌던 시절도 있었다 한다.

가끔, 백마산 기슭을 오르다 보면 모가 나지 않은 산세로 어머니 품 같은 편안한 능선들이 큰집, 작은집, 당숙에 재당숙 같은 촌수들로 한 가계의 대를 이어오고 있는 듯하다.

뿌리 깊은 나무에 아름드리나무며 아장아장 어린나무, 옹이 박힌 나무, 또 병들고 노쇠해 가족 품에 기대있는 나무에서도 무릇 인생을 배워간다.

2022. 8. 15.

막내 이모

방학이 돌아오길 손꼽아 기다렸지요
이종사촌, 외사촌 청둥오리들처럼 떼지어
꽁꽁 언 지천 살금살금 걸었지요
룰루랄라 노래 부르며 일렬로 걸었지요
산모랭이 외딴 초가집 바람처럼 들어서자
아이고 아이고 우리 새끼 덜 왔구나
누덕누덕 덧바른 창호지 문 탁 열고
막내이모 버선발로 뛰어 나오셨지요
고슬고슬 갓 지은 가마솥 밥에
곱게 물들인 무생채와 고추장이 전부였지만
밥 한 톨 남김없이 다 비워냈지요
사기 등잔불 아래 이모 얼굴
금방 백촉짜리 백열등 만큼 이나 환해졌지요
둥실, 대보름달 하나 뜬 거지요

함께여서 더 고맙습니다.

시작노트

어머니 형제자매 중, 단 한 분 남아 계신 막내 이모를 떠올렸다. 막내 이모라는 호칭은 솜털마냥 따듯하다. 우리 자매는 단톡방에 모여 의논 한 후 이모님을 모시고 식사를 하기로 했다.

이모부 돌아가신 후, 어언 육 개월 만에 이모님의 얼굴을 뵙게 되는 순간 희미하게나마 어머니의 모습도 겹쳐져 흘러나왔다.

이모는 팔십 중반인 연세에도 건강하고 유쾌하며 젊은 사람의 마음까지 미리 알아채는 신식 할머니이다. 그런데 아침에 드신 음식이 소화가 덜 되고 체기가 있다며 식사를 하는 시늉만 하더니 결국은 드시지 못했다.

나와 동생들은 안절부절못하며 한방차 메뉴가 있는 공간으로 자리를 옮겨 따끈한 차 한 잔씩 나누며 옛이야기 꺼내 웃음꽃을 터트렸다. 사촌 동생의 부드러운 말씨는 막내 이모를 빼닮았다.

오늘, 이모와 이종사촌, 우리 자매들의 만남으로 돌아가신 지, 37년이 지난 젊은 시절의 어머니 모습을 그려보았다.

애들아, 건강하고 잘 지내라 하시는 이모를 꼭 안아 드렸다. 어머니 내음이 살짝 묻어 나왔고 새삼 어머니가 더 그리워졌다.

2022. 5. 26.

첫 월급의 기억

칠십 년대 그 엄혹한 끄트머리 어느 날이었던가
처음 받은 얄팍한 월급봉투
부모님 속곳 사고
매달 찾아오는 달거리처럼
삼 년짜리 조막만 한 적금도 부었다

토실토실 젖살 붙는 통장 잔고는 희망의 만달이었다

아버지 회갑연 때,
잘 여문 통장 내놓았더니
나팔꽃에 앉은 이슬처럼 맺던 어머니 눈물이
아슴하다

동네 구석구석 고개 너머로
박 넝쿨에 딸 자랑 주렁주렁 열렸다

시작노트

낡은 앨범을 펼쳐보던 동생이 SNS으로 보내온 옛 사진이다. 40년 전, 아버지 회갑연에 참석한 이 세상에 단 한 분이신 외삼촌과 나와 셋째 동생이 함께 찍은 젊고 순수했던 내 청춘의 시간이다.

고향, 용인에서 관광버스를 대절해서 일가친척과 고향마을, 옆, 앞, 뒷마을 어르신들 모시고 서울 성북구 정릉 쪽에 회갑연 잔치만 주로 하던 연회식 회관인 신흥각에서 회갑잔치를 했다.

병풍을 치고 높지막한 고임새로 상차림 차려놓고 부모님께 "그동안 키워주셔서 감사합니다"라는 큰절을 올렸다. 아마 지금 시대의 젊은이들은 이게 무슨 전설의 고향, 구술 전래동화 이야기인가 좀처럼 이해가 되지 않을 것이다.

그 당시, 고향 마을에서 부녀회장으로 봉사하는 등 매우 활동적이었던 어머니는 두 올케 언니와 쪼르르 이어진 미혼의 딸들에게도 한복을 맞춰 입히고 그야말로 서울식으로 아버지 회갑연을 열어주셨다.

나는 맏딸이라 그런 생각을 미리 했었는지 학교를 졸업하고 바로 취업해서는 첫월급 받아 부모님 속옷 사드리고 삼 년짜리 적금을 넣었다. 회사 근처 신설동 로터리 조흥은행을 매달 찾았던 이십 대의 내 젊음이 희미하게 흘러나온다.

삼 년 후, 아버지 회갑연에 내놓았더니 어머니는 동네방네 자랑하며 좋아하셨다. 큰딸인 나도 결혼하여 아이를 낳고 어머니가 59세에 중풍으로 돌아가신 후, 십 년 동안 가슴을 후벼 파내듯 많이도 아팠지만 그래도 '너 그때 참 잘했다'라는 혼잣말로 내 위안을 삼을 때가 간혹 있다.

사진! 컬러사진, 옛 사진 한 장에서 아카이빙 설화를 엮어내듯 희로애락의 긴 이야기가 주렁주렁 거미줄처럼 끈끈하게 얽혀있다.

부모님과 형제자매라는 그 이름으로!

2023. 3. 8.

시간 속으로 거슬러가게 하는.

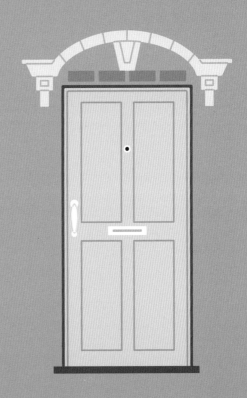

5부
회원 활동기

자가격리

──────────── 2020년 코로나19 감염병 창궐로 2022년인 지금까지도 누구 할 것 없이 자유롭고 안전하지 못한 시절이다.

뉴스를 통해 확진자에 대한 이러저런 얘기들을 보고 듣고 했지만 막상 나 자신이 확진자라는 PCR 검사 결과에는 은근슬쩍 겁이 났다. 나 역시 자가격리를 경험했다. 좀도둑처럼 몰래 스며들어온 바이러스 균의 침투 때문이다. 의학용 정밀 현미경으로나 볼 수 있을 바이러스로 수많은 사람이 고통을 감내하며 지내야 하는 코로나 19 거리두기로 두 발을 꽁꽁 묶어놓은 것이나 다름이 없는 시절이다.

매일 뒷산으로 또 자전거 도로를 따라 걷고 마트에서 장을 보고 이웃들과 더불어 밥도 먹고 차를 마시면서 살아가는 이야기 나누던 이들과의 이음줄도 당분간 끊어야만 한다. 문득 초등학교 시절 갑자기 내린 폭우로 실개천 물이 불어나 하굣길 집으로 돌아갈 수 없어 안절부절못하고 발을 동동 굴렀던 숙교와 영순이가 생각나듯 말이다.

체온과 산소포화도 체크 및 처방받은 약.

티브이에서는 연일 뉴스 속보를 내보낸다. 가족 구성원도 출근을 정지당한 채 재택근무라는 부드러운 단어로 위장을 한 격리이다. 자가격리 중에는 가족 구성원의 확진자 보살핌도 또 하나의 새로운 일이 된다. 삼시 세끼 음식을 제공해주어야 하고 공간과 공간의 제약된 생활과 방역 사항 준수도 꼼꼼히 챙겨야 한다.

오늘은 오미크론 확진 자가격리 기간 마지막 날이다. 보건소에서 걸려온 격리자 체크 및 안내 전화도 상당히 친절하다. 처방해준 약을 먹고 나니 몸의 상태도 많이 호전되었다. 인후통이 심했는데 많이 좋아졌고 기침 및 가래도 줄어들었으며 종아리 근육은 감소한 느낌이다. 약 처방이며 처방된 약을 가까운 동네약국에서 받을 수 있는 시스템은 참 편리하다.

격리 해제 후, 당분간은 사람들이 많이 있는 곳은 피하고 마스크

착용으로 방역 사항 준수를 위해 집 안의 환기며 외출 후 손 닦기 등 사소함 속에서 꼼꼼한 관리도 해야만 한다.

어제에 이어 또 위급사항을 알리는 119구급차가 아파트 마당으로 들어선다. 곳곳에서 이 모양 저 모습으로 수고하는 모든 분께도 마음으로나마 감사를 드려보며 코로나19 감염병이여 어서 물러가거라!

#자가격리#인후통#방역사항#코로나#확진

2022. 3. 1.

코로나 추석

2020. 9월, 신문을 읽다가 눈에 띈 문구 "애들아, 코로나 추석에는 안 와도 된다. 아들, 딸, 며느리야 이번 추석엔 안 와도 된다" 가느냐 마느냐 그것이 문제라는 기사를 읽어본다.

꿈엔들 감염병 창궐로 이렇게 비대면의 시절을 보내게 될 줄 어느 누가 알았겠는가? 가족이 함께 모여 명절 보내기도 쉽지 않은 시절이다.

벌초 및 성묘 또 가족 간의 만남도 가질 수 없는 이 시절이 어서 종식되길 기원해본다. 그러기 위해서는 질병 본부의 방역준수사항 잘 지키고 감염병 예방을 위해 개인위생과 청결 등 관심을 가지고 신경을 써야 하겠다.

문득 언젠가 상영되었던 감기라는 제목의 영화가 스쳐간다. 어느 사이 코로나 감염병으로 명절 문화도 빛이 바랬다.

'코로나 추석 명절'이란 생뚱맞은 단어는 더욱 낯설다. 소통이, 만남이, 보이지 않는 많은 단절도 조금씩 쌓여간다.

나 또한 코로나19를 피해 강원도 오색에 있는 숙소로 발길을 옮겨본다.

#코로나#비대면#코로나추석

2020. 9. 13.

2020년 9월 5일 조간신문을 옮겨봤다.

코로나와 예식문화

———————— 친구 따님이 시집가는 날이다. 초월역에서 전철을 타고 이매역에서 환승 후, 예식장에 닿았다.

코로나19로 인해서인지 예전과 사뭇 다르다. 시끌벅적해야 할 식장 로비도 한산하고 예식을 시작한 식장 안 내부도 그렇다. 누구 할 것 없이 마스크를 쓰고, 양가 혼주도 마스크를 쓰고 있다.

정말 웃지 못할 풍경이다.

이렇게 변화될 줄 누가 알았겠는가?

어디 그뿐인가? 식당인 연회장도 한산하다. 이런 모습은 처음 본다. 비대면 비말 조심으로 4명이 앉아 먹어야 할 식탁이 2인이 앉게끔 홀 관리자의 친절한 안내를 자연스레 따른다.

할 말이 줄어드는 게 아니라 할 말을 할 수 없다. 앞에 앉은 친구와 혹여 비말이 튈까 내심 조심한다. 경사스러운 축하의 자리며 또 잔칫집 밥상 위에도 코로나 시절의 예식문화 삭막이란 단어가 갈비탕과 함께 접시 위에 요염하게 앉아 있다.

결혼식 연회장의 모습이다.

#초월역#가천웨딩홀

2020. 7. 12.

우리 동네

──────────── 상상 초월, 초월읍 산이리(草月邑 酸梨里), 신맛이 나는 배가 생산된다고 해서 酸梨里라 부르게 되었다고 합니다.

산이리(酸梨里), 우리 동네는 자연부락과 아파트, 빌라 등으로 혼합된 주거지역으로 마을 앞으로 곤지암천이 흐르는 3번 국도 경충대로 변에 자리 잡고 있어요.

2016년 9월 24일 경강선 판교역 ~여주역 개통으로 인근에 초월역이 들어서서 학생들의 등하굣길과 직장인의 출퇴근길 또 서울, 판교, 분당, 이천, 여주 등도 쉽게 오고 갈 수 있지요.

성남, 분당, 잠실, 강남, 강변역으로 쉽게 오갈 수 있는 버스노선에 곤지암, 초월 IC로 쉽게 접근할 수 있는 교통의 요충지이죠.

작년, 이장님께 우리 동네의 주민 수가 대략 얼마나 되는가요? 라고 여쭈니 약 일만 명 정도라 하셨거든요. 아마 지금은 마을 주민의 수가 훨씬 더 많이 증가했을 것 같아요. 마을 안쪽이며 산기슭 옆 빈 땅에는 빌라며 다가구 주택들이 오밀조밀 지금도 신축 중이거든요.

오늘도 뒷산 입구에는 축대 쌓기 공사로 대형 화물차가 자재를 계속 실어나르고 있지요. 우리 동네는 오래전 옹기, 항아리를 만드는 사업장이 있어 항아리 만드는 일을 업으로 삼아 오신 분들도 많았고 특히 천주교 신자분들이 많이 살고 계셨다고 해요.

조선, 정조 임금 때 천주교 박해로 천주교인들이 전국의 여러 곳으로 흩어져 피신하던 곳 중 한 곳이라고 합니다. 그 당시 가족의 생계를 꾸려가기 위해 항아리를 만들어왔다는 이야기를 동네 어르신께 들었지요.

항아리를 굽던 가마터 두어 군데가 남아있으며 천주교 공소(경당)가 있어 그 공소에서 천주교인인 마을 주민들이 모여 미사를 드

마을회관 앞 독점이란 설명이 기록된 표지석도 있어요

도예 명장님.

렸다고 합니다. 동네 초입에서 십여 미터쯤 마을 안쪽으로 들어오면 마을회관이 있는데 그 마을회관 바로 옆이 천주교 공소가 있던 장소였지요.

또 독을 굽는 마을이라고 해서 독점이라 부르기도 했으며 지금도 마을회관 앞에 〈독점〉 설명이 기록된 표지석이 있어요.

그 당시, 농촌 마을에서 우리 동네가 현금이 가장 잘 돌던 마을이었다고 해요. 그런 바탕들로 도자기를 만드는 도예가와 광주시 왕실도자기 도예 명장님이 살고 계신 동네로 도자기 업종이 성업 중일 때는 외국에서도 명장님의 작품을 보러 오기도 했다는 이웃들의 이야기가 떠오르네요.

있잖아요. 우리 동네 벽산아파트 입구에는 2008년 광주시 향토문화유산 제1호로 지정된 산이리 지석묘가 있어요. 사각 모양의 담장으로 둘러싸여 보존되고 있는 청동기 시대의 탁자식 묘라고 해요. 보존되고 있는 산이리 지석묘를 보면 시대 변화에 따른 장묘문화를 알게 되지요.

경강선 개통 후, 다른 지역에서 거주지를 옮겨오신 분들이 늘어나고 있다는 것을 직접 피부로 느끼죠. 낯익은 분보다 낯선 분들이 더 많이 살고 계시고요. 또 교통의 발달로 우리 마을에도 등산객들의 모습이 자주 보이는데 아마 백마산 발이봉 방향으로 올라가시는 듯해요.

살아보니, 우리 동네 참 살기 좋은 마을이랍니다.

#가마터#지석묘#도예가#항아리#초월읍

2022. 4. 11.

우리 김치 나눔해요

──────────── 손에 손을 모아 마음과 마음을 모아 함께 나눔을 한다는 것은 행복을 만드는 에너지가 됩니다.

선을 이뤄가는 동행 속에서 우리는 작은 행복과 감사를 맞이합니다. 때아닌 가을 한파가 물밀듯 몰려왔던 시월의 중심부를 막 벗어날 즈음 광주시 생활개선연합회(회장 이성자)에서 작년에 이어 또 김치 나눔 봉사를 합니다.

시절이 시절이니만큼 방역수칙은 필수입니다.

마스크도 꼼꼼히 착용하고 10월 19~20일 이틀 동안 광주시 농업기술센터 마당 한쪽에서는, 밭에서 금방 뽑아온 총각무를 다듬고 씻고, 절이고 준비해놓은 양념과 함께 김치 가공 공장의 분업화 시스템 같은 공정으로 김치 담그기가 이어집니다.

일의 능률은 당연히 서너 배로 올라갑니다. 특히, 광주시 청정지역으로 알려진 남종면에서 직접 재배한 싱싱한 총각무에 각종 양념과 손맛 또 회원들의 사랑 나눔이 골고루 배합된 김치는 벌써 빛깔부터 사뭇 다릅니다.

어머, 일손을 돕고 있는 제 입안에도 군침이 흘러나옵니다. 최상급의 재료와 사랑의 마음 담아 손에 손을 함께 모았으니 당연히 김치 맛은 최고일 거라는 짐작을 해봅니다.

오늘, 2백여 통의 총각무 김치가 각 읍면동의 꼭 필요하신 이웃으로 전달될 것이라는 이성자 회장님의 말씀을 들으며 전달받으실 분들께서 맛있게 드실 것이라고 생각하니 수고한 만큼 기쁨도 정비례합니다.

미처 생각지도 않았던 특별 보너스를 받은 양 행복을 덤으로 얻은 시간입니다. 오늘은 얼굴 가득 행복, 감사, 웃음 만발입니다.

나눔과 봉사의 물결이 높고 푸른 가을 하늘에 만국기처럼 휘날리는 한낮, 목현동 광주시 농업기술센터 마당 한쪽에서 띄엄띄엄 서

빛깔이 참 곱습니다.

서 늦은 아침 겸 이른 점심으로 김밥과 어묵국의 성찬도 꿀맛입니다. 곁들여진 꿀 고구마에 단호박 식혜, 쫀득한 절편 등 소소하지만 가을 들녘의 풍성함도 간이 식탁 위 가득 내려앉았습니다.

　포장까지 말끔하게 끝낸 후 인증사진도 한 컷 남기고 각 읍면동의 회장님들께서는 각자의 차량에 포장된 총각김치를 싣고 이웃 나눔을 위해 걸음을 옮깁니다.

　나눔으로 인한 동행의 뒷모습은 참 아름답습니다.

　온종일, 사람 내음이 그득한 시월의 푸르른 날입니다.

#광주시생활개선연합회#나눔봉사#총각무김치#사랑

2021. 10. 21.

나눔은 참 아름답습니다.

건강청 만들기

가을이 농익어 갈 즈음, 초월생활개선회에서는 연례행사처럼 이어오고 있는 건강청 만들기 행사가 있었다.

2022년 11월 1일, 초월 행정복지센터 내 초월 농민상담소 앞에서 약 60여 명의 회원이 참여하여 환절기 및 겨울철에 음용하면 몸에 이로운 건강청을 만들었다.

특히, 주부들이 회원이다 보니 어머니 같은 마음으로 좋은 재료를 넉넉히 넣고 정성을 들여 건강청을 만들었다. 건강청은 누구나 선호하며 가정에서 유용하게 먹을 수 있고 감기 예방에도 좋다 한다.

옛말에 백지장도 맞들면 낫다는 말처럼 회원들은 이삼일 전부터 재료 구입 및 준비로 미리 나와 나눔과 봉사의 사명감으로 일손을 거들었고 건강청 만드는 과정도 자동화 시스템 같은 편리하고 빠른 공정으로 모두들 알아서 척척 일손을 도왔다.

먼저, 배는 씻어서 4등분 하여 껍질을 벗겨낸 후 대형 분쇄기에 갈아놓고, 무도 씻어 작게 토막을 낸 후 즙을 내고, 곱게 갈아놓은 생강도 착즙 한 후 녹말 성분을 빼내기 위해 가라앉히고, 대추는 씻어 형체가 변할 때까지 종일 고아 대추 씨를 제거한 후, 도라지 가루 등을 첨가하여 대형 가마솥에 넣고 본격적으로 끓이기 시작했다. 정성도 듬뿍 넣었다.

까마득하던 시절, 명절이 돌아오면 어머니들이 만들었던 조청과 엿을 고는 방식으로 솥 밑바닥이 눌어붙지 않도록 계속 저어주어야만 한다.

회원들은 서로 번갈아 가며 대형 나무 주걱을 이용해 계속 저어가며 상호 협동과 화합으로 건강청을 만들었다.

바쁘신 와중에도 구정서 읍장님과 농업기술센터 목정균 과장님, 정지영 팀장님도 오셔서 격려해주셨고, 행정복지센터를 방문하셨다가 건강청 만드는 모습을 보시고 찾아주신 주민들과 이웃들의 모습도 보였다.

끓기 시작하면 불의 강 약을 조절한 후 8~9시간을 졸여주는 것이다.

매년 건강청 만드는 일이 뿌듯하다는 회원들의 표정은 밝은 얼굴로, 찾아주신 지역 분들께는 간단한 다과로 감사를 표했다.

와! 건강청이 완성되어 가고 완성된 건강청을 소독된 유리 공병에 담아냈다. 올해도 변함없이 건강청을 만들어 판매한 수익금은 지역 내 어려운 가정을 위해 쓰일 것이다.

초월 생활개선회 회장(이혜순)은 나눔은 참 행복하다며 받는 그것보다 주는 것이 더 기쁘다고 하셨다.

그래서일까? 힘은 들었지만, 회원들의 모습은 밝아 보였고 봉사 후에 맛보는 기쁨은 두어 배 높아졌다.

늦가을, 하늘은 유난히 푸르렀고 내 마음은 울울창창하였다.

#초월읍#초월생활개선회#건강청#초월농민상담소

2022. 11. 15.

찾아주신 손님께 다과로 감사를 표한다.

회원 활동기

──────────── 이번 겨울은 유난히도 순하다, 얌전하다, 푹하다고 말해왔던 날씨가 변심한 애인처럼 칼바람에 매몰찬 추위와 눈발을 폭풍처럼 몰고 왔지요.

금년도 열흘을 남겨둔 채, 지금도 냅다 쏜살같이 흘러가고 있습니다. 그동안 코로나 감염병으로 인해 서로 문을 닫아걸고 자유롭지 못했던 시간도 꼭 어제 같기만 합니다.

초월농협 소속 고향주부모임, 늘 큰 언니 같은 진순화 총회장님과 기수별 회장님 외 임원들이 해맑은 얼굴로 맞아준 그 순간들도 마구 떠오릅니다.

특히 올해 6월 17일 금요일, 용수리 작업 포에 콩 모종을 심기 위해 비닐을 씌우고 모종을 나르며 행복했던, 다행히 콩 심기 이틀 전 푹 내린 단비로 물을 주지 않고도 모종을 옮겨 심을 수 있었지요. 콩 수확으로 풍성함을 얻던 가을 들녘의 모습과 개선장군처럼 자동차를 타고 멋스럽게 배달되어 온 들밥, 들밥이란 단어에 정겨움은 서너 배 상승했었지요.

밭 입구, 돗자리로 깔아놓은 간이밥상에서 옹기종기 모여들 앉아 들밥을 먹던 아름다운 추억들도 밤새 내린 눈처럼 수북하게 쌓여있습니다.

어디 그뿐인가요. 몸에 좋다고 하는 쑥을 채취하여 만든 고향의 맛인 어머니 표 쑥송편이며 쑥개떡은 초월읍 우리 지역에서는 예외없이 인기 종목으로 몸값을 자랑했지요.

앞치마를 질끈 매고 머릿수건과 마스크를 낀 채 일정한 중량으로 송편과 개떡을 직접 만들어 찌고 포장을 했습니다. 꼭 특산품 축제장에 모여 일손돕기를 한 회원들처럼 고향주부모임에 나오기만 하면 어린 시절의 추억들을 만나게 됩니다.

끈끈한 정이 흐릅니다. 눈으로 볼 수 없고 손으로 만져지지도 않

회원 활동기 낭독.

는 그 힘은 무엇하고도 견줄 수 없는 고향주부모임의 원동력이며 큰 저력이라고 생각합니다.

팔십여 명의 회원들이 강원도 동해시와 삼척시로 문화 탐방을 떠나던 5월의 마지막 날은 코로나19로 꼭 묶여있던 거리두기 해제로 굳게 닫힌 대문의 빗장을 활짝 열어젖힌 듯, 너 나 할 것 없이 어깨춤 들썩였지요.

그로 인해 회원 상호 간 관계 증진 및 친밀감도 한껏 상승하였지요. 또 도시재생사업으로 묵호항 근처 어촌 마을 논골담길의 변화된 모습을 둘러보며 구멍가게 평상에 앉아 브라보콘 아이스크림을 핥던 그 달콤함도 더더욱 생각이 납니다.

특히 삼척과 동해의 명소를 관람하며 꿀맛 같은 점심에 바닷바람을 마음껏 호흡하며 흥겨워하던 탐방길의 순간들도 잊힐 기미가 전혀 보이질 않습니다.

올해 상반기 회의 날, A4용지에 인쇄된 고향주부모임의 사업내용을 숙지하고 카페라 가수의 공연을 관람하며 함께 호흡하던 농협 대강당의 추억들도 생생합니다. 모두가 배우이고 관객이었던 시간이었지요. 좋은 호르몬도 무제한 터져 나왔지요. 인기 대폭발이었습니다.

참, 있잖아요. 2020년 12월 초, 코로나19 거리두기로 세상이 온통 살얼음판 같았을 때, 고향주부모임의 기수별 회장님과 총무님께서 회원댁 가가호호를 직접 방문하여 전해준 사랑이 담긴 김 세트로 한동안 식탁이 풍성했고, 올해 한가위 즈음 알이 굵고 달콤했던 사과 상자는 회원들의 마음결까지 부드럽게 어루만져주었지요.

누구든지 예기치 않았던 선물을 그것도 예고 없이 받게 되면 기쁨은 서너 배 올라가게 된답니다. 저 또한 감사에 감사를 포개가며 흐뭇해했던 서너 달 전의 기억이 새파랗게 돋아납니다.

지금도 고향주부모임의 회원으로 활동하면서 늘 무언가를 배우고 익혀갑니다. 아니 매번 공부하는 마음입니다. 그로 인해 인생의 지혜는 덤처럼 얻게 됩니다. 서로 협력하여 일손을 거들고 함께 밥을 먹고 두런두런 사는 이야기 나누면서 동료 회원들과 소통하는 그 시간은 행복이고 감사였습니다.

진순화 총회장님을 비롯한 기수별 회장님과 임원님들의 관심과 따듯한 사랑에 감동도 배불리 먹습니다.

코로나 감염병 이전처럼 앞으로도 고향주부모임 전 회원이 모여앉아 사는 이야기 펼쳐가며 화합과 단결로서 똘똘 뭉쳐 나아가는 우리는, 초월농협 고향주부모임입니다.

고맙습니다.

– 초월농협 고향주부모임 4기 회원 정윤옥.

\#초월농협\#초월고향주부모임\#연말 총회\#화합\#봉사

2022. 12. 20.

들밥

———————— 들밥, 고향같이 정겹다.

들밥 단어를 보거나 들밥이라는 말을 듣게 되면 영락없이 친정집, 고향, 들녘, 모내기, 김매기, 새참, 똬리, 모종, 엄마, 부뚜막 등이 생각난다.

들밥이 배달되어 오고

들밥은 말 그대로 들에서 먹는 점심, 새참 등의 음식으로 논, 밭에서 일할 때 먹는 음식이다. 지금이야 기동력이 있어 신속하고 편리하게 자동차로 운반하고 있지만, 내 어려서는 넓은 광주리에 음식을 담아 머리에 이고 논과 밭으로 나가 논두렁이며 밭두렁에 앉아 음식을 먹으며 잠시 쉬는 휴식의 시간이었다.

어머니는 모내기며 김매기 등 일 철이 돌아오면 광주리에 국수장국과 집에서 미리 만들어놓은 밀주며 새참을 머리에 이고 논과 밭으로 내가셨던 기억들이 아주 생생하게 떠오른다.

특히 머리 위에 새끼로 엮은 똬리를 얹고 광주리를 그 똬리 위에 올려놓고 들로 나가셨던 날은 머릿밑이 아프다는 말씀을 자주 하셨다.

오늘 (2022. 6. 17. 금요일 오전 8시) 초월농협 고향주부모임에서 작업포에 콩 모종을 옮겨심는 날이다.

자연 간이 식탁에서.

다행히 이틀 전 내린 단비로 일일이 물을 주지 않고도 콩모종을 옮겨 심을 수 있어 일의 능률이 높아지고 시간도 많이 단축되었다. 작업이 마무리된 후 이른 점심은 작업포 밭으로 싣고 나온 음식으로 펼쳐졌다. 어린 시절 어머니가 새참을 머리에 이고 들녘으로 나오셨던 광주리의 현대판 새참, 들밥의 모습이다.

금방 화물차 적재함 바닥에 즉석 간이 뷔페상이 차려졌다. 회원들은 초월읍의 문화인답게 줄을 서서 먹을 분량의 음식만 접시에 담아 각자 편한 곳에 자리를 잡고 서서 또는 앉아서 아무 때나 경험하기 어려운 들밥을 먹었다.

일을 끝낸 후에 먹는 점심은 맛이 더 좋았다. 콩 모종을 옮겨 심느라 무릎이며 다리며 손이 아픈 것도 까맣게 잊어버린 채 모처럼 들밥을 마주했다.

올해도 콩 농사는 풍년을 예상한다. 콩을 수확한 후 메주, 청국, 두부며 콩 국물을 만들어 더 많은 분에게 행복으로 다가가게 될 것이란 짐작을 하면서, 콩 모종들도 새로 이주한 넓은 땅 제 집터에서 뿌리와 잎으로 지경을 넓혀가며 튼실하게 자라 풍작 소리 울려 퍼지기를 빌어 본다.

굵은 땀방울도 함께였다.

#콩모종#초월농협#고향주부모임#작업포#새참

2022. 6. 20.

손두부

――――――――― 손두부! 금방 만들어 나온 수제 손두부, 아무 때나 맛볼 수 있는 게 아니랍니다.

손가락 걸고 미리 약속이라도 해야만 맛볼 수 있는 즉석 두부, 초월읍 농가 모임에서 만든 손두부입니다.

우리 초월읍에는 농가 모임이란 여성단체가 있지요. 아, 농가 모임은 농업인 후계자 부인들의 모임이라고 하는군요. 그러니 농업에 관해서는 대부분 전문가이고 그와 비례하여 음식 솜씨 또한 아주 탁월하신 분들입니다.

설 명절을 코앞에 두고 있어 그런지 초월읍 지역에서 직접 재배한 콩으로 두부를 만들었다고 합니다.

어머님들이 만들던 옛 방식 그대로를 재현하여 만든 두부는 몸에도 아주 이로운 건강 먹거리 음식이라는 것은 다들 알고 계시겠죠.

신토불이, 토속적인 맛, 향토 음식인 손두부는 남녀노소 누구나 좋아하는 먹거리 중 하나이죠.

눈지 않도록 저어주는.

일주일 전, 건강검진 결과지에 체중 감량 경고를 덥석 받아 놓고
도 입안에서는 침샘이 자기들끼리 요동을 쳐댑니다.

손이 가는 대로 구미가 당기는 대로 뜨끈뜨끈한 두부를 입안으로
밀어 넣었지요. 달래 양념장 살포시 얹어, 감탄이 온천수처럼 막 터
져 나옵니다. 고소함은 덤으로 따라붙는군요.

두부는 손이 많이 가는 먹거리이죠. 옛 방식 그대로 다량의 두부
를 만들기 위해서는 거쳐야 하는 공정도 많습니다. 특히 여성 모임
에서 만든 손두부는 귀하게 대접을 받습니다.

시중에서 언제든 각종 두부를 손쉽게 살 수는 있지만, 오늘처럼
우리 지역의 회원들이 정성 들여 재배한 콩으로 만든 손두부 맛은
아무 때나 맛 볼 수 없을 겁니다.

손두부가 구미를 끌며 고구마튀김도 별미입니다.

　정성과 화합으로 만들어낸 사랑의 결정체였지요. 감사가 차고 넘치는 날 행복이라 적어보겠습니다.

#손두부#재래식손두부#그리움

2022. 1. 28.

밑반찬 나눔 봉사

─────────── 봄꽃들이 새끼손가락 걸고 미리 약속이라도 한 듯 일제히 웃음꽃을 터트린 4월 초순입니다.

4월 4일 화요일 오전 9시, 오늘은 초월농협 소속 농촌 사랑 자원봉사단에서 밑반찬을 만들어 초월읍에 거주하고 계시는 어르신이나 몸이 불편하거나 또 이웃의 돌봄이 필요한 가정을 마을별로 선별하여 직접 찾아뵙고, 밑반찬을 전달해 드리는 나눔 행사가 있는 날입니다.

초월농협 농촌 사랑 자원봉사단 단장(임혜순)을 비롯한 단원 이십여 명이 앞치마와 머릿수건을 질끈 동여매고 반찬 만들기에 들어갑니다.

단원들 모두 일을 무서워하지 않는 능숙한 요리 솜씨로 초월읍에 거주하는 주부들입니다. 단원들은 모두 알아서 척척입니다. AI 인공지능 시대에 걸맞은 프로급 선수에 명인이라 칭해도 부끄럽지 않은 단원도 여러 명 있습니다.

오늘의 주메뉴는 감자탕, 오이 부추 무침, 무조림, 잡채 등으로 어르신들께서 드시기에 안성맞춤인 밑반찬이죠.

먼저 재료 손질부터 시작합니다. 돼지등뼈 핏물 뺏기, 감자, 양파, 파, 오이, 무, 버섯, 마늘, 부추, 멸치 등의 신선한 재료들이 단원들의 손끝에서 빠르게 손질되어 가고 씻고, 썰고, 볶고, 끓이고, 버무리고 등 여러 과정을 거쳐 맛있는 밑반찬이 한 가지씩 완성되어 갑니다.

구수한, 상큼한, 고소한 내음으로 가득해지고 봉사라는 보람 있는 일을 하는 단원들의 얼굴빛은 밝고 생기가 넘쳐 보입니다.

지난달 봉사를 하면 내가 더 행복하다는 봉사전문 강사에게 들었던 강의 내용이 떠오른다는 동료 단원의 목소리가 들려옵니다. 일의 능률도 상당히 높아져 밑반찬들이 완성되어 가고 한쪽에서는 빈

밑반찬 완성입니다.

용기에 정성껏 만든 음식을 가지런하게 담기 시작합니다. 엄선된 질 좋은 재료를 사용하고 봉사하는 마음, 감사하는 마음으로 만들어낸 반찬은 정말 맛있는 밑반찬으로 거듭 탄생하여 깔끔하게 포장이 됩니다.

아마도 단원들의 이웃사랑 마음이 천연 조미료처럼 넣어져 그런지 오늘 만든 밑반찬이 맛있다며 뿌듯해하는 표정입니다.

단장님 외 단원들의 얼굴이, 마음결이 풍성한 보름달같이 가득차 보입니다.

나눔, 나눈다는 것은 내가 더 행복해지는 비결이란 말은 정말 맞는 말 같습니다. 활짝 웃음꽃 터트린 경충대로 저 안길의 벚꽃 무리같이 단원들 모두 싱글벙글 웃는 얼굴입니다.

사십 개의 밑반찬 꾸러미는 각 마을에 거주하고 있는 단원들이 직접 어르신 가정을 찾아 안부를 여쭈면서 전달해 드립니다.

밑반찬 꾸러미를 전달하는 단원들의 모습 또한 유난히 멋져 보인 사랑 나눔 시간이었습니다.

초월농협 농촌 사랑 자원봉사단 단원들의 사랑전달 이웃사랑 나눔으로 단원들 얼굴에는 행복, 감사로 곱게 물들여집니다.

– 초월농협 농촌 사랑 자원봉사단 봉사활동.

#봉사활동#행복#감사#초월농협

2023. 4. 7.

노래 교실

—————————— 음치, 박치인 나는 노래 잘하는 사람들이 무척 부러울 때가 많다.

2022년 10월 27일 오전 9시 30분, 초월농협 2층 대강당에서 2회차 노래 교실 강좌가 있었다. 넓은 공간인 농협 대강당에는 빈 여백도 없이 수강생인 초월읍 지역 여성들로 대만원을 이루었고 그 열기는 하늘을 찌를 듯 한껏 고조되어 있었다. 몸에 이롭다는 건강 호르몬 무제한 발산 중이었다. 입꼬리가 위로 올라가 첫인상이 좋아 보이는 강사님은 나처럼 자그마한 체격에 꾸준한 운동으로 단련되었을 다부진 몸매와 카리스마 넘치는 외모였다.

그래서일까? 직업에 대한 노련한 프로 의식도 상당히 커 보이는 강사는 수강생의 마음 안쪽을 매만져 줄 〈시월의 마지막 밤〉이란 곡명을 선곡했다.

모두 다 함께 불렀다. 가사 속에 풍덩 빠져 가을을 노래하는 음유 詩人도 되어보며 가슴에다 두 손을 포개고 감정 이입까지 살려가며

신바람이 난다.

노래하는 이 시간은 모두가 젊던 옛 시절로 다시 돌아간 듯했다.

〈당신은 명작〉이란 신곡도 배워보았다. 명작, 명품, 가사 속에 인생이, 삶이 그대로 녹아 있었다.

한 편의 시와 같은 가사를 따라 노래를 부르다 보니 괜히 눈시울이 촉촉해져 왔다. 삶이라는, 인생이라는 하얀 종이 위에 그림을 그려나가는 것이 우리 인생은 아닐까?

한 땀 한 땀 수를 놓아가듯, 여백에 아름다운 문양의 수를 놓아가는 것이 인생길은 또 아닐는지. 그렇다. 아름답게 수를 놓아가다 보면 때론 바늘에 찔려 피가 나기도 하고 또 실이 엉켜있으면 풀어내려 애쓰거나 끊어지지 않게 내면을 어루만질 때도 있지 않겠는가?

노래 강사의 애드리브 같은 농 짙은 우스갯소리에 코믹 개그를 보는 듯 장내는 웃음의 바다로 이어갔다. 추임새 넣듯 강한 악센트

가사를 보며 함께 부르는 노래 교실.

로 수강생의 초점을 한 곳으로 끌어모으는 강사의 연륜에도 큰 박수를 보내야만 했다. 여러 곡의 노래를 계속 따라 불렀다.

별빛 같은 나의 사랑아, 내 나이가 어때서, 아모르 파티, 묻지 마세요, 오늘이 젊은 날, 미운 사내 등, 찬조 출연한 남성 가수의 노래도 하모니를 맞춰가며 수강생들의 열기를 절정의 도가니로 밀어 넣었다.

아-싸! 신명 난다. 어깨는 으쓱으쓱 엉덩이는 들썩들썩 나와 동료 수강생들의 얼굴에는 층층 나이를 건너뛴 채 뜨거운 열정과 열창, 열광으로 가득했다.

누구든지 이럴 땐 참 행복하다고 말한다. 명작을 그리며 쓰고 만들어가듯 우리 각자의 속 뜰에도 명품과 명작을 만들어 전시할 수 있도록 내면을 좀 더 잘 닦아내야겠다.

상상 초월, 초월읍 관내에 있는 지역 농협에서 지역 내 여성들의 활기찬 일상과 관계 증진 및 이웃들과의 정서함양 및 교류를 해주기 위해 애쓰는 모습이 비쳐온다.

여성들이, 어머니들이 특히 집안의 안주인이 행복해야 가정이 행복할 수 있다고 말들 한다. 여성들로 똘똘 뭉쳐진 에너지는 돈으로 가격을 매길 수 없을 만큼 귀하고 결집력도 배가 될 수밖에 없다.

초월읍 지역의 여성들도 소중한 시간을 몸과 마음의 건강과 함께 노래 교실 수강으로 인해 신바람 나는 일상이 되었으면 한다. 오늘도 이웃들과 함께할 수 있어 더없이 감사하다.

#초월농협#노래교실개강#삶#행복연출

2022. 10. 29.

광주정씨 제실과 정선 화가

━━━━━━━━━ 숲이나 들녘에서 자생하는 식물들도 자기들끼리 사이좋게 군락을 이루며 살고 있듯, 광주시에도 같은 성씨들끼리 모여 사는 집성촌 마을이 여러 곳 있다.

그중 오포읍 추자리에는 본관이 광주(光州), 시조 정신호(鄭臣扈)인 정씨(鄭氏) 일가들이 모여 대대손손 의좋게 살아오고 있는 집성촌의 전형적인 마을이다.

집성촌 마을답게 오포읍 추자리 367~1번지에 광주정씨 제실(齊室)인 서해제(瑞海齊)가 있고 이곳에서는 종중의 연중행사와 조상님에게 예를 올리는 곳이며 서해제(瑞海齊) 제실 뒤쪽에는 겸재 공의 증조부 묘소가 있고 그 아래에 겸재 공(14세)의 묘소가 있다.

화가인 겸재 정선 선생님의 묘소 옆에는 우뚝 솟은 소나무 한 그루가 서있는데 겸재 정선 선생님의 예술성을 꼭 빼닮아가는 듯하다. 특히 겸재 정선 선생님은 조선 후기의 화가이다.

조선 숙종 2년 1676년 1월 3일 한성부 북부 순화방 유란동 (지금

제실 서해제.

의 인왕산과 북악산 사이인 백악산 아래)에서 태어나셨고 작품으로는 〈인왕제색도〉(1751년 국보 216호)가 있다. 인왕제색도는 인왕산의 진경산수, 한여름 소나기가 지나간 뒤 삼청동, 청운동, 궁정동 쪽에서 바라본 비에 젖은 인왕산 바위의 인상을 그린 그림이라고 한다.

또 겸재는 평생 세 번 이상 금강산 여행을 다녀온 것으로 알려져 있으며 우리나라 산천의 아름다움을 독특한 화법으로 창안해 회화미를 발현해 내는데 성공한 진경산수 풍의 창시자로 청풍계, 북원수회도첩 등 인왕산 일대, 압구정, 송파 진 등 경교명승첩, 금강전도, 금강내산도, 박생연 폭포, 구룡연폭포 등의 많은 작품을 남겼다.

그 작품들은 국립중앙박물관, 간송미술관, 호암미술관과 각 대학 미술관 등 세계 각처에 분포되어 있다. 또 겸재 정선 미술관이 서울 강서구 양천로 47번 길에 있다.

겸재 선생은 영조 35년(1759) 3월 24일 향년 84세의 천수를 누리고 영면하여 양주에 안장되었으나 손이 절손되며 묘소를 보전치 못했다. 이에 겸재 정선 선생님의 업적을 기념하고 후세에 길이 전하고자 광주정씨 종중이 뜻을 모아 이곳 추자리 선산에 가묘와 기념비를 세웠다(제실 뒤 겸재 정선 선생님의 기념비에서 옮김).

집성촌의 마을에서는 유독 토박이, 본토, 원주민, ○○○ 댁, 일가, 집안이라는 낯익은 어휘가 많다.

지금은 광주시에도 타 도시에서의 인구 유입으로 집성촌의 모습이 바래가고 있지만 일가붙이들이 모여 사는 추자리 집성촌 마을에서는 이름에 돌림자 사용과 각기 항렬에 따른 존칭 사용도 매우 중요하게 여긴다.

그로 인해 집성촌의 일가들도 서로를 존중하며 보통 집안네, 일

가라고 부르며 지내 오고 있다. 집성촌의 색깔답게 또 시대의 변화로 인하여 광주정씨 종중에서는 여성 종원들에게도 조상의 얼을 되새기며 뿌리의 근원을 알아갈 기회를 주고 있다.

2017년 7월 22일 용인시 여성회관, 2020년 5월 28일에는 추자리 광주정씨 제실 서해제 앞 광장에서 약 천여 명의 종원이 참석해 종중의 중요한 안건을 묻는 총회에 참석할 기회도 주어졌고, 그로 인해 정씨 가문의 후손들은 뿌리의 근원과 그 뿌듯함을 지니며 살고 있다. 또 종원들에게 해외여행이 여러 번 주어져 자주 볼 수 없었던 집안들끼리 가문의 결속을 다지는 기회를 마련해주기도 했다.

어느 성씨를 불구하고 조상의 얼을 다시 한번 깊이 되새겨가며 후손들의 가슴 안쪽에 그 뿌리의 명맥들이 늘 이어져갔으면 한다.

특히 나라를 위해 애쓰신 분들이 많이 계시듯, 가문의 올곧은 뿌리를 단단히 동여매고 당대와 후대를 위해 수고하신 웃조상님들께 감사함으로 마음의 예를 올려본다.

필자도 광주시에 거주하고 있고 광주정씨의 후손임에 더더욱 가슴이 뿌듯해진다.

- 광주시 서포터즈 2022년 10월 기사.

#광주정씨#집성촌#겸재정선#오포읍

2022. 11. 29.

송년 모임

때아닌 한파 속보로 기온의 급강하 예고에 사나흘 전부터 제 성깔 단단히 쏟아내던 동장군은 오늘 첫눈까지 보내왔다.

첫눈이 오는 날은 누군가에게 전화를 하고 오래 묵은 친구와 진한 커피 한 잔 나누고 싶어진다.

첫눈, 하면 설레임, 싱숭생숭, 커피, 기다림, 소녀, 울림, 고향, 추억, 사랑, 젊음 등이 수면 위로 올라오듯 말이다.

오늘 오래된 친구들과 점심을 먹으며 자유롭게 이야기 나눌 식당이 있는 남한산성으로 이동할 거라는 단톡방의 약속 시각에 맞추어 집을 나섰다.

옛날 한겨울 남한산성 행궁을 지키던 포졸의 투박한 아낙같이 두꺼운 겉옷으로 추위를 칭칭 동여매고 경강선 전철에 몸을 실었다. 어쩌다 이용하는 전철이라 그런지 행동이 굼 띤 것 또한 사실이지만 오랜만에 친구들 얼굴을 볼 수 있어 나는 신바람 난 아이처럼 마

후원 곳곳에 장독대! 운치가 있어요.

냥 즐거웠다.

　세상은 곳곳에 알게 모르게 늘 수고하는 사람들이 있어 아름다울 때가 참 많다. 우리 친구들 몇몇도 그런 모습이다. 일찍 나와서 차량으로 도움을 주는 친구의 배려로 남한산성 불당리 마을 그 안쪽에 있는 낙선재라는 음식점에 발을 디딜 수 있었다.

　낙선재, 이름도 고풍스러웠다. 낙선재의 건축양식을 보니 예약을 하지 않으면 마냥 기다릴 수 밖에 없는 이유를 이곳에 도착하자마자 직감적으로 알아챘다.

　그보다 먼저 첫눈의 양은 적었지만, 첫눈이 내린 날 친구들과 이른 송년 모임에 함께 할 수 있어서 기쁘고 감사했다. 따끈한 온돌방이 생각났다. 문풍지며 문고리며 창호지와 문살의 문양을 보니 새

동양, 아니 우리나라 고유의 한옥 문.

삼 어린 시절 고향 집의 모습이 그려졌다.

음식보다도 이곳의 풍경과 장독대 위 쌓일 듯 말듯 내려앉은 첫눈에 또 반하고 반할 수밖에 없었다. 사람은 늙어서 추억을 먹고 산다는 이야기처럼, 먼 훗날 첫눈을 그려가며 이곳에서의 추억을 꺼내볼 수 있도록 오늘도 아름다운 추억을 차곡차곡 쌓고 있다.

한정식 음식 상차림답게 다양한 종류의 음식이 밥상 위에 정갈하게 앉아 우리의 눈길을 유혹한다. 잡채, 게장, 불고기, 육전, 도라지무침, 전복, 새우튀김, 돌솥밥과 재래식 된장찌개에 곁들여 나온 반찬류가 차고 넘치도록 즐비하니 요것조것 골라 먹는 맛도 일품이었다. 또 광주시에서 만든 참살이 막걸리도 입안에 착착 달라붙었다.

두어 달 전. 곤지암읍 연곡리에 있는 참살이 막걸리 술도가를 다녀왔던 기억이 났다. 남한산성 소주도 제조하는 곳이었다. 친구가 정을 담아 듬뿍 따라준 막걸리를 단숨에 비워냈다. 남자 동창, 여자 동창 성별이 필요 없을 정도로 나이 먹은 우리는 순박한 소년 소녀들로 익살스러운 말투며 편안한 이웃, 담장 넘어 살던 어린 시절의 친구들과 밥을 먹고 차 한 잔씩 나누면서 서로 사는 이야기로 수다 삼매경에 빠졌다.

특히 오늘 나오지 못한 친구들에게 전화를 걸어 짧은 안부도 주고받았다. 때 묻지 않고 순수했던 옛 시절로 거슬러 올라가 두런두런 이야기꽃 피우다 보니 다들 돌아가야 할 시간이었다. 다음에 또 만나자며 손에 손을 꼭 잡았다.

옛 시절, 어머니는 잔칫집에 다녀오실 때 늘 봉송을 챙겨오셨다. 그런 예스럽고 전형적인 아름다움을 현대판으로 변형하여 매번 정 나누기를 좋아하는 삼평동 친구가 준비한 감말랭이가 오늘의 봉송이었다.

고마움으로 마음은 가득 차고 마음과 마음들이 별빛 같은 빛을 밝혀왔다.

#남한산성#불당리#고향#친구#봉송

2022. 12. 3.

문우님 반갑습니다

─────────── 문우님, 한 분 한 분 차례로 돌아가며 그간의 이야기를 꺼내기 시작했다. 아, 이 얼마 만인가? 코로나19 거리두기로 그동안 만나지도 못하고 단체카톡방에서 이런저런 서로의 안부만 주고받으며 지내왔다.

문우님들 만나 이야기 나누고 싶어 며칠 전부터 설렘으로 일렁거렸다는 경자 언니 차례였다.

오늘 모임에 나오려고 새벽 3시에 눈이 떠져 집안일을 미리미리 해 놓고 한 시간 전 이곳에 도착했다는 이야기로 서두를 풀어냈다. 그에 빠질 수 없는 박수로 나는 경자 언니의 설렘을 한껏 더 부풀게 했다.

내 차례였다. 저도 코로나 감염병 오미크론에 확진되어 자가격리 1주일 하는 동안 남편과 아들이 번갈아 가며 하루 세 끼 차려준 밥을 먹으며, 밀폐된 공간에서 나오지도 못해 실은 은근히 겁도 났다는 이야기와 우리 너른고을문학에 나오게 되면 꼭 고향 집에 온 듯한 마음이라며 앞으로 문우님들과 동행하며 글을 쓰고 글을 사랑

이, 얼마만인가.

하는 문우가 되어보겠다는 속마음까지 열어놓았다.

　다음은 월례모임에 따른 회장님과 지부장님의 공지사항을 귀담아듣고 너른고을문학 제26집에 수록된 시 한 편씩을 낭송하였다.

　장건 선생님의 시 「풍경을 생각하다」를 박경분 지부장님이 읽어내려갔다. 다음은 정애란 시인의 「이사」, 강남률 시인의 「투정」, 박경분 시인의 「죽은 박씨 가족 종친회」, 최영옥 시인의 「성묘」 등의 시 낭송으로 5월 월례모임이 이어졌다. 그리고 올해 27집 원고를 좀 더 일찍 준비하자는 논의와 편집위원들의 노고에 고마운 마음을 담아 힘찬 박수로 대신하며, 연중 행사로 이어지는 천렵에 대한 장소와 날짜도 논의하였다.

　오랜만에 얼굴을 보니 서로들 할 얘기가 많아 보였다.

너른고을문학 문우님들과 도자공원에서.

　저녁을 먹기 위해 인근에 식당으로 이동했다. 얼마 전만 해도 이 많은 인원이 식당에 출입할 수 없었는데 이 얼마나 고맙고 감사한 일인가? 매콤한 비빔냉면을 주문해 문우님들과 이야기 나누며 먹은 저녁 식사는 한 끼 식사라기보다 몸에 이로운 보약 같은 식사였다.

　서로 헤어지기 아쉬워하는 문우님들은 발길을 주춤거리며 다시 일상의 틀 안으로 걸음을 옮겨가고 있었다.

　#너른고을문학#카페차마루

2022. 5. 18.

—

6부
통미마을 청미정 골목 사람들

Small 출판기념회

2021년 중반, 9회에 걸친 마을기록자
양성프로그램 '돌아봄' 교육을 수강했다.
코로나19 거리두기 시절이니만큼 비대면과 대면의 혼합된 교육이었다.
'돌아봄' 마을기록자 양성프로그램 수료식을 마치며 우리 광주시의
옛이야기를 기록할 기회도 닿았다.

광주시, 광주에 오래도록 거주한 시민들은 아마도 우시장을 기억할
것이다. 송정동 우시장, 예전에는 경안동 안 시장에 우시장이 있었
고 특히 광주 우시장, 하면 전국에서 알아주는 규모의 큰 우시장이
었다고 한다.

광주시 오포읍과 용인시 경계지역에서 나고 자란 내 어린 시절 아
버지께서는 우시장으로 소를 사러 또 팔러 가셨던 기억이 남아있다.

농촌에서 소는 재산목록 제1호라고 불렀던 시절이니, 소를 사러
가는 날이나 팔러 가시는 날 어머니는 꼭두새벽부터 아침밥을 준비
했다. 아버지 허리춤에 세콤 장치 같은 보자기로 만든 임시방편의
전대를 채워주며 현금을 조심하시라는 말씀도 펼쳐놓으셨다. 그런
기억은 내 안에 고스란히 남아있어 우전께 골목 이야기를 기록하는

옛 추억들을 담은.

동안 나름 감회도 남달랐고 또 행복했다.

우전, 우시장 근처에 오래 거주한 원주민을 직접가 원주민의 이야기를 들어가며 녹음도 하고 사진도 찍어가며 인터뷰를 했다. 당연히 녹음과 사진 찍기 등은 미리 동의를 구해 놓았다. 또 우리 광주시에서 사라져가는 직업에 관한 인터뷰도 했다.

예를 들면 대장간, 상고임세, 이발소, 사진관, 전통상 제조, 상여소리 등 급속하게 새로운 모습으로 변화되어 현대에는 사용되지 않거나 유용하지 않은 것들은 하나씩 사라져가고 있다. 이 사라져가는 직업에 관한 이야기를 찾아 사진을 찍고 글을 쓰고 기록으로 남기는 작업에도 함께했다. 그런 내용을 모아 작은 책자로 엮고 조촐한 출판기념회와 사진 전시도 하였다.

출판기념회에서 마을기록자들은 한 사람씩 순서대로 돌아가며

마을기록 후기 등, 뒷이야기도 나누었다. 감회가 아주 남달랐다.

먼 훗날, 우리 후대의 광주시민들이 꺼내볼 마을기록과 사라져가는 직업의 변천사를 알게 될 소중한 자료가 될 거라는 생각에 가슴이 후끈해 왔다.

2021년 '돌아봄'이란 마을기록자 양성프로그램을 수강하고 마을기록을 함께 할 수 있어. 개인적으로 행복했고 이런 프로그램을 접할 기회가 닿아 매우 만족하며 감사한 마음을 담아 끝맺음을 한다.

#광주시#우시장#우전께골목이야기#마을기록자

2021. 12. 30.

가족 모임

──────────── 인생은 칠십부터라 말해도 전혀 낯설지 않은 백세시대를 살아가고 있다.

음력 3월 17일은 육 남매의 제일 맏이인 큰오빠의 칠순 생일이었지만 감염병 코로나19 거리두기로 인해 온 가족이 모여 식사해야 할 만남도 미루어 왔다.

2022년 5월 28일 오후 6시 제우스 홀에서 온 가족이 모여 식사를 하는 날이다. 아, 이런 자유로움이 얼마만 인가?

단톡방에서만 미주알고주알 그럴싸한 축하의 단어와 개성파 이모티콘을 근사하게 휘날리며 칠순 생일을 축하만 하고 있다가 조카의 전화를 받고 모임 장소로 바람처럼 스며 들어갔다.

오랜만에 거미줄처럼 촘촘하고 끈끈한 육 남매의 혈육들이 곳곳에서 옹달샘 찾아오듯 모여들었다. 새벽부터 바쁜 일상을 보내 피곤할 덴데 보양식이라도 먹은 듯 힘이 불끈 솟아났다.

피붙이들의 만남 때문일 거라는 내 생각은 빗나가지 않았다. 특히 바쁜 일정으로 함께 하지 못한 조카를 빼고는 삼십여 명이 한자리에 모여 그간의 안부를 살갑게 묻고 답을 하며 핏줄의 끈적임을 짙게 느끼는 귀한 시간이었다.

주인공이신 큰오빠에게 우레와 같은 박수로 축하와 함께 감사함을 대신 표했다. 어쩌다 접해볼까 하는 음식들이 차례로 옮겨져 나왔고 가족 모임의 훈훈하고 아름다운 형제 자매애의 모습도 카메라에 담았다.

문득, 돌아가신 부모님 생각이 났다. 농사일로 갈퀴 손이 되어도 성실 근면하게 살아오신 부모님의 자식 사랑을 떠올리며 괜스레 이 기쁜 날 나도 모르게 눈시울이 촉촉해져 왔다.

나만 그랬을까? 두 오빠와 여동생 셋도 나와 같은 마음이었을 것이다. 곳곳에서 열정적으로 살아가는 젊은 조카들의 모습도 든든해

육남매의 가족.

보였고 대견스럽기 그지없었다. 건배를 하며 분위기가 고조되자 노래 한 곡 뽑아내고 싶은 마음이 굴뚝 같았지만, 그런 공간이 아니었기에 신명 난 마음을 조심스레 달래가며 이야기꽃을 피워냈다.

칠순은 인생의 황금기이다. 지금도 무언가를 열심히 배우고 또 후학들을 가르치는 일과 사업체를 경영하는 경영인으로 몇 가지 일을 해 오고 있는 오빠에게 두 손 모아 힘찬 박수를 보내본다.

명절마다 형제자매들에게 귀한 한우 세트를 통 크게 보내주고, 하루의 첫 시작을 기도로 시작할 큰오빠의 칠순 생신 축하드려요. 동생들이 건네주는 봉투도 사양하고 마는 그래서 아버지를 붕어빵처럼 꼭 빼닮은 큰오빠!

가족애의 잔잔한 물결이 한동안 찰랑거렸다.

#육남매#맏이#붕어빵#가족사랑

2022. 5. 30.

벌초

──────────── 토요일, 벌초를 다녀왔어요.

충청도와 전라도의 경계쯤인 지역 충남 논산시 성동면 우곤리 야트막한 동산에 위치한 오래된 유택이라고 적어야겠어요. 감염병인 코로나19 거리두기 시절이니만큼 또 집에서 먼 거리이기에 미리 벌초 및 성묘 겸 다녀왔지요.

고속도로 구간 많이 정체도 되었지요. 요즘 미리 성묘 겸 벌초를 병행하는 가족들의 이동도 많을 거라 생각을 하니 차량 정체는 당연하다는 생각이죠. 친절하고 상큼한 목소리 네비게이션의 부드러운 지시에 따라 대꾸 한번 없이 고분고분 말 들어가며 다녀왔지요.

조상님 유택 주변의 농촌 풍경은 한 폭의 가을 풍경화입니다. 평화, 평화롭습니다. 흰 줄무늬 나비 커플도 나와 한낮을 즐기고 있어요. 어머, 몸을 말리려는지 온몸을 불쑥 내민 뱀을 보고 깜짝 놀라 자리를 피해서는 가을 하늘을 뚫어지게 쳐다봅니다.

컬러복사기로 프린트라도 해 놓은 듯 푸르른 하늘에는 새털구름

부자간에 손발이 척척 맞습니다.

이 여백을 채워갑니다.

어머, 날을 세운 예초기 소리가 굉음을 내며 조용하고 한적한 들녘으로 쏟아져 나옵니다. 몸집 불려가며 기세 좋던 잡풀들은 아프다는 통증을 호소하며 제 몸의 방어 독을 쭉 쭉 뿜어냅니다.

아마 제 몸을 보호하기 위한 자기들만의 방어막일 거라 넘겨짚어 봅니다. 금방 이발소를 다녀온 듯 말쑥해졌네요

할아버님 할머님 덥석머리 잘라내니, 시원하신 거죠? 손 빠른 손주의 손길로 벌초도 마무리되고 준비해 간 몇 가지로 간이 제상을 차려 마음을 표합니다. 유치원 때부터 동행했던 아들은 갈퀴 질에 비석 딱기 등 먼 거리 운전도 도맡았지요.

문득, 이삼십 년 전, 가족애의 아름답던 추억도 생각납니다. 시부

모님 생존해 계실 때, 추석 명절날에는 온 가족이 모여 차례를 지내고 성묫길 나섰지요.

성묘 후, 어김없이 옆 도랑에서 우렁이도 잡았지요. 먹을 분량만 잡아 귀경길 계곡으로 뱀처럼 숨어 들어가 형님 표 된장찌개 양은 냄비 가득 끓여 국물 한 점 남김없이 싹 비워냈지요. 대가족 먹을 음식 마련하랴 수고가 많았던 형님, 세상 물정 잘 모르던 나는 콩인지 팥인지도 구별하지 못했지만 육십 고개를 뛰어넘은 지금에 와 되돌아보니 행복이었지요.

올라오는 길, 대전 현충원으로 향합니다. 금슬 좋으셨던 시부모님 두 분께서 안장된 유택에 마음의 예를 갖추고 이른 성묘를 합니다. 감사한 마음도 담아 밀담처럼 아룁니다.

코로나19 거리두기로 인해 추석 명절 기간에는 성묘할 수 없다는 안내문 때문인지 성묘객의 발길이 계속 이어지는 모습을 바라보며 대전 현충원을 빠져나옵니다.

#벌초#이른성묘#가족애#추억#가을날

2021. 9. 14.

우리는 자매다

           ————————— 십 대 중반쯤, 동네 아저씨가 놀러 오셔서 어머니께 하셨던 말씀이 불현듯 떠오른다.

"누님, 딸이 넷이나 되니 이다음에 기둥뿌리 뽑히겠어요?"

그때는 무슨 말인지 이해가 되지 않았지만, 나이를 먹다 보니 이해가 되었다. 그런데 우리 네 자매는 아저씨의 그 말씀과는 아무 관계 없이 어머니 아버지 속 썩이지 않고 나름 잘 커 왔고 또 반듯하게 살아가고 있다. 위로 두 오빠가 있지만 언제 한번 오빠를 힘들게 한 적 없이 살아왔고 또 잘 살아갈 것이다.

자매가 많으니 참 좋다. 시도 때도 없이 친구처럼, 이웃처럼 서로 희로애락의 이야기들 책갈피 넘기듯 주고받는다.

가끔, 수다도 떨고 의논도 하고 정보도 공유하며 찰밥처럼 끈적한 정도 넘쳐흐른다. 어머니를 가장 많이 닮은 동생은 친절과 활달과 경쾌로 리더 역할도 잘하고 노래도 잘 부르니 어딜 가나 인기도 상승한다. 여행을 가더라도 투어 회사 직원처럼 처음부터 끝까지 일정표부터 결산까지도 한눈에 볼 수 있도록 깔끔하게 처리한다. 자매들끼리만 여행도 많이 다녔고 운전도 잘하니 없어서는 자매팀 활동 유지가 어렵다.

밑에 동생은 온순하다. 환갑이 코앞인데도 동안이다. 꼼꼼하고 생전 화 한번 낼 줄도 모르고 알뜰살뜰 살림 잘하고 직장에서도 인정받으며 생활하고 있다. 또 막냇동생도 오십이 훌쩍 넘었다. 듬직한 두 아들이 있고 대학 시절 단편소설 수상 이력도 갖고 있다.

십여 년 후 퇴직하면 하고픈 것 미리 준비도 해가며 성실하게 살아가고 있는, 나는 그런 동생들이 많아서 너무 좋다.

친정집 기둥뿌리 뽑을 생각은 눈꼽 만큼도 생각해 본 적 없는 우

제천 청풍면 비봉산 기슭 조형물에서.

리는 그런 자매들이다. 어린 시절 이웃집 아저씨의 그 말은 완전히
빗나간 오류였을 뿐이다.

#광주정씨#네자매#가일

2020. 8. 7.

곰배령 강선마을에 묵다

─────────────── 칠월 첫 주일이다. 이십여 년 공직에 있다가 퇴직한 바로 밑 동생의 수고를 우리 네 자매가 축하 겸 수고했다며 등이라도 두드려주기 위해 누구나 가보고 싶어 하는 그곳 곰배령으로 가기 위해 만남의 광장에서 집결했다.

도로정체를 피하기 위한 나름의 방법으로 각자 집에서 이십 분이면 올 수 있는 이곳에서 오전 7시에 합류했다. 오랜 운전 경력의 동생이 운전하기로 하고 강일 IC로 들어섰다.

그동안 주부 역할에, 엄마 역할에, 아내 역할에 또 맏며느리 대신 걸머진 시댁의 대소사며 직장 내 맡은 업무와 조직 내 소통도 막힘없이 꽤 잘해왔을 동생아! 정말 수고했구나.

알게 모르게 세월과 함께 성숙해진 감사들도 밀려왔다.

어찌 모두가 기쁨이고 감사가 아니겠는가?

꽃바구니를 승용차에 싣고 강원도 인제군 기린면 진동리 곰배령으로 향했다.

숲길 또한.

　누가 보면 참 낯설다 할진 모르지만 이 얼마나 운치가 있나? 낯설
게 해야 훗날 오래도록 웃고 또 웃을 게 아닌가 말이다. 딸이 넷이나
된다며 시누이 노릇할까 걱정했을진 몰라도 우리 자매들 누구 하나
올케언니 속 아프게 했던 일 없었으면 된 것 아닌가?

　자매가 많으니 좋긴 참 좋다. 사극 드라마에 출연했던 노론, 서론
들 같이 논의 및 주제가 서로 극과 극으로 내달리는 일 없고 둥글게
또 둥글게, 새침할 때 있더래도 언제 그랬나 싶게 소통의 기술 프로
그램 심도 있게 배운 듯 서로 잘 통하며 막힘없이 살아가니 이 또한
얼마나 감사인가?

　준비물 챙기면서도 좋아하는 선호도 잘 알고 있으니 알아서 척척
이보다 좋을까? 취나물 밥을 해 먹자고 요것조것 배낭 속에 넣어왔

9시부터 입산 가능 네자매는 빗길을 뚫고 올라갔다.

네. 일회용 우비까지 챙겨 넣고 고향 집 안마당에 걸어놨던 지나간 추억들까지 빵빵하게 넣어들 왔네.

걷는 길, 이 어찌 기쁘지 않겠는가? 새소리 물소리 오래된 나무들의 숨소리까지, 강산마을로 들어서니 발길 잡아끄는 유혹들도 즐비했네. 산나물전, 감자전에 곰취 장아찌며 짝꿍처럼 붙어 나온 인제군의 곰취 막걸리 입안에 군침 돌고 마네.

네 자매 막걸릿잔을 부딪치며 건배사 구호까지 힘차게 쭉쭉 뱉어냈네. 하룻밤 묵을 숙소, 사방팔방 깊은 골 통나무집 강선산방 2층에 올라 피로와 휴식을 취해보네. 계곡물의 힘찬 대환영 소리에 세상일 싹 다 잊게 되네.

자연 속으로 깊숙이 들어오면 너도나도 좋다 하는 것이라며 준비해 간 꽃바구니 상 위에 올려놓고 다시 한번 축하의 말 전해보네.

금방 만든 별식에 새로운 시어들까지 불러들여 멋들어지게 뱉어냈네. 어릴 적 한솥밥 오래 먹어서일까? 식성들도 비스무리 다 똑같네, 풋고추에 고기를 굽고 취나물 밥에 푸짐한 먹거리로 이른 저녁 끝냈다네.

계곡 물소리와 아름드리 나무들은 발리댄스라도 추듯 강약의 리듬을 타고 또 타네. 곰배령 점봉산 아래 강선마을에서 감각 떨어져 가는 새내기 시인들처럼 느긋하게 쉬고 있네.

무한한 감사이네. 행복이네.

다음 날 9시, 우비를 입고 곰배령 정상 올랐네.

천상의 화원이었네.

#곰배령#강선산방#유네스코등재#야생화#산나물전#점봉산

2021. 7. 4.

막내

막내, 우리 세대들은 대부분 어느 가정이나 형제자매들이 수두룩 많던 세대이다. 나이를 먹어 가며 막내라는 단어가 사랑스럽고 정감이 간다.

막내동생, 막내딸, 막내 삼촌, 막내 고모, 막내 이모 등 혈육 간의 끈적한 흐름 때문인지 애틋하게 가족 사랑을 받아서 그런지 나는 막내라고 부를 수 있는 동생이 있어서 참 좋다. 열 살 터울 나이 차이가 나는 동생이다.

오십 년이 훌쩍 넘은 옛이야기이다. 초등학교 저학년이던 한겨울 밤 8시쯤, 엄마는 이웃집으로 밤마실을 나가신 아버지를 빨리 모시고 오라 하셨다. 그것도 급하게 심부름을 시켰다.

캄캄한 시골 동네 불빛이라고는 눈썹 같은 달이 실눈을 치켜뜨고 쏟아져 내릴 것만 같은 별빛으로 불 밝혀 들고, 달걀귀신 무서움은 까맣게 잊은 채 뛰어가 아버지를 모셔왔다. 허둥대던 아버지는 부엌으로 들어가 가마솥에 물을 덥히려 솔가지가 섞인 나무 땔감을

카네이션을 보면 생각나는 부모님.

96세에 고관절 골절로 고생하신 아버지.
장인어른 면도까지 해주는 심성을 가진 막내사위.

아궁이에 밀어 넣으셨고 따듯하게 데워진 물과 수수깡을 얇게 저미곤 어머니가 있는 안방으로 들어갔다.

얼마나 시간이 흘렀는지 거기까지 기억은 나지 않지만, 얼마 후 갓난아기의 울음소리가 창호지 문틈 사이로 퍼져 나왔다.

막내동생의 탄생이었다. 열 살이던 어린 나도 아버지를 도와드렸다. 음력 12월 그 당시 시골 농촌의 부엌은 얼마나 추웠을까? 가마솥에 밥을 안치고 불려놓은 미역으로 국을 끓이다 아버지의 콧물 한 방울이 가마솥 안 미역국 속으로 뚝 떨어졌다. 지금도 나는 아버지의 콧물 방울이 생생하게 다가온다. 오십 년을 훌쩍 넘고 넘은 이야기이다.

아버지의 막내 사랑은 남달랐다. 저녁상을 물린 아버지는 막냇동생을 무릎에 앉혀 놓고 예뻐하던 모습이 앨범 속 사진처럼 뇌 회로에 지워지지 않는 기억이다.

얼마 전, 막내동생과 통화를 하며 생생하던 옛이야기를 말해주었더니 오빠 언니들보다 유독 아버지의 각별한 사랑을 더 받았다며 실토하듯 뱉어냈다.

그래서였을까, 아니면 아버지의 콧물 방울이 들어간 미역국을 드신 엄마의 초유를 먹어서일까? 방학이 돌아오면 막냇동생 부부는 이미자, 주현미 콘서트며 마당놀이 공연까지 아버지를 모시고 다녀왔다. 주말에는 평소 아버지가 좋아하신 매운탕에 보리밥이며 메밀전병 식당에 모시고 다니고, 남한산성이며 팔당 언저리로 바깥바람을 쐬러 다닌 효녀가 되었다.

큰언니인 나는 미안하고 또 고마웠다. 막내는 육 남매 중 맨 끝이어서 사랑을 듬뿍 더 받았었다고 종달새처럼 지저귀듯 말했다. 정말 내리사랑이란 말이 맞는가 보다.

2년 전, 어머니 계신 하늘나라로 이사를 하신 아버지도 어머니도 그리운 시간이다.

#사랑#탯줄#내리사랑#감사

2021. 9. 8.

또 감사해요

———————————————— 시간은 아무 내색도 없이 흐릅니다.

덥다, 덥다, 폭염, 찜통, 열대야라 불러대던 때가 바로 엊그제인데 추석 명절의 다가옴을 알리는 명절선물들이 택배를 통해 배송되어 오고 있습니다.

마음이, 가슴속에 전율이 백화점 배송 문구의 SNS 알림을 통해 또 전해옵니다. 내용물보다 몇 곱을 더한 감사가 앞다투어 내 안에서 요동을 칩니다. 아버지 돌아가신 지도 벌써 두 해째인데 이번 명절에도 또 아무 말 없이 육 남매의 맏이

인 큰오빠가 아우와 여동생들에게 정육 세트를 보내주셨네요. 살다 보면 아무리 형제지간이라 해도 결코 쉬운 일 아닐진대 받기조 차 손이 부끄러워지며 혈육 간의 진한 마음을 생각하게 됩니다.

귀한 마음도 함께.

추석 연휴, 정육 세트에서 불고기용을 꺼내 과일 조각에 양파며 매실청에 간장과 기타 양념을 넣고 마지막으로 귀한 선물 보내주신 오빠의 마음과 덥석 받기만 한 동생의 고마운 그 마음을 넣어 심심하게 양념을 해둡니다.

분명 감칠맛에 맛도 대여섯 배 상승할 것입니다. 하늘에 계신 아버지 어머니도 빙그레 눈웃음 지시곤 고향 동네 가일땅 떠올리시며, 자손들의 무탈을 빌며 흡족해하실 거라 믿습니다.

분명 그러실 것입니다. 요즘 먼 이웃들의 수다 삼매경을 듣다 보면 피를 나눈 형제자매들도 요런조런 사유로 마음 골짜기가 파헤쳐지고 무너지고 아픔을 호소하는 이야기를 간혹 듣곤 합니다.

끈끈하고 단단했던 가족애의 끈이 잘려가는 모습을 보곤 합니다. 서로 간 마음을, 욕심을 한 눈금만 내려놓으면, 지나고 보면 모두가 감사입니다.

#가족사랑#육남매#추석선물

2021. 9. 28.

면가방

5월은 푸르른 날이며 또 가정의 달이다. 코로나19 거리두기로 인해 서로들 만나지 못했던 그 찰나, 한적한 식당에서 시댁 식구들과 온 가족이 모여 식사를 하였다.

오랜만에 전부 다 모이니 반갑기만 했다. 이제는 시댁이며 친정 양가의 부모님들은 계시지 않지만, 형제자매들과 가정을 이룬 조카들의 구성원들까지 모두 모여 식사를 했다. 피를 나눈 형제자매들의 이야기는 유난히도 끈끈하다. 핏줄의 진함이다.

나도 이제 나이를 먹었고 나잇살이 제 영역을 넓혀가는구나! 라는 생각이 불현듯 스쳐 가는, 영락없는 육십 대 중반 나이를 숨길 수

문양이 맘에 쏙 드는 면가방이다.

없는 윗사람이 되어가는 것도 사실이다.

조카며느리라 칭해야 할 영이 엄마가 직접 손으로 만들었다는 면가방을 살며시 전해준다. 따뜻한 마음이 담긴 선물이었다. 나는 나답지 않게 냉큼 아니 덥석 받았다. 요즘 유행하는 면가방으로 외출시에 들고 다녀도 좋을 것만 같았다. 손으로 직접 만든 수공예 작품으로 천 선별과 디자인에 자르고 붙이고 재봉틀로 박으며 만들었을 영이 엄마의 정성이 들어가 있는 그런 수공예 면가방이었다.

참 고마웠다. 아이를 양육하며 가정생활과 더불어 본인이 좋아하는 일은 한다는 것은 참으로 행복한 일인 것이다.

좋아하는 일을 꾸준히 열정을 담아서 하다 보면 자신도 모르는 사이 우뚝 성장해있는 자신의 모습을 발견하게 될 것이고 또 그로 인해 취미에서 창업도 할 수 있으리라 본다.

오늘, 선물로 받은 면가방을 들고 광주시 도시재생지원센터 기자단 월례모임에도 다녀와야겠다.

#면가방#감사#가족#가정의달

2022. 5. 13.

이별

──────────────── 이별, 이별이란 누구나 맞게 됩니다. 예외인 사람은 그 누구라도 있을 수 없지요.

2019년 12월 친정 아버님과 이별하고 반년 만에 시어머님과 이별을 합니다. 91세이지만 세상 어느 자식이 슬픔을 감출 수 있을까요.

장례의식에 따른 절차들이 장례지도사의 진행에 따라 흘러가고 가족은 완전한 이별을 하기 위해 의식적으로 제반 절차 속을 대면합니다. 성남 영생원에서 화장을 끝낸 후 대전 현충원으로 향합니다. 이동하는 차량 내에서 가족들은 각각 고인과 묵언의 대화를 나눕니다.

감사했던 점, 불편하게 해드렸던 점, 더 찾아뵙지 못한 점, 잘해드리지 못한 점 등등이 주마등처럼 마음속 자락에 매달립니다.

문득, 천상병 시인의 인생을 소풍이라 표현한 詩 한 편 떠오릅니다.

영원할 듯, 영원할 듯하지만 절대 그럴 수 없지요. 소풍 나온 인

생, 잘 놀다 가야 하겠지요. 일상이 보람으로 꽉 찬 충만으로 살아야
겠다는 마음입니다. 그러면서 어머님의 따뜻하고 자상하신 모습들
을 또 기억하며 하늘나라에서도 편안하옵시길 기도드립니다.

하늘도 아시는지 따끈한 햇살에 푸른 하늘을 보여주십니다. 엄숙
함도 따라붙습니다. 이 또한 자연의 이치입니다. 아름다운 이별이
라 명명해보는 늦은 밤입니다.

#대전현충원#어머님#사랑

2020. 7. 3.

대전 현충원에서 안장식이 끝난 후.

모녀 사이

─────────── 모녀 사이, 엄마와 딸 사이이다. 몇십 년 전 떠나신 어머니가 그리워진다.

사춘기 딸의 펜팔 편지를 읽어보라 하시며 잘 썼다고 칭찬도 고봉밥같이 해주었다. 어머니는 통이 큰 분이었다.

농사일로 바쁜데도 부녀회장을 맡아 절미 운동에 앞장서서 봉사까지 하셨던 그 시절의 기억들이 뭉글뭉글 솟아오른다. 절미운동이란 말 그대로 밥을 지을 때 쌀 한 주먹씩 아껴 저축하자는 의미로 부엌 한쪽에는 질항아리가 놓여 있었다.

고혈압으로 다른 분들보다 앞서가신 어머께 난 무엇 하나 변변히 해드린 게 없는데 그립고 아쉬움에 마음이 저리다.

내 젊은 날을 기억하며 사랑하는 우리 딸과 나 사이를 생각해본다. 세상에 나와 처음 엄마가 되었으니 실수도 오점도 수없이 많았을 게다. 경험이 없었으니 당연히 그럴 수 있었을 게다. 그래도 그런 실수나 오점들 뒤로 나는 우리 딸을 위해 늘 기도한다.

엄마이기 때문이다. 사랑하는 내 딸, 성인이 되고 사회에서 본인의 일을 충실히 하는 딸아, 항상 고맙단다. 눈물 나도록 고맙구나. 모두가 감사란다.

#초월읍#다올카페#모녀사이

2020. 7. 25.

모녀상.

아버지표 콩나물국

─────────── 퇴근 후, 맛집으로 소문난 족발집에서 친구랑 저녁 겸 술을 먹었다는 미혼의 아들이 밤 11시가 넘어 귀가했다. 타고난 태생이 술을 못 먹는 체질인데 아마도 세상 이야기 실타래 풀듯 풀어가며 미주알고주알 이야기꽃 피워내다 조금 더 먹은 표가 났다.

콩나물국이 끓고.

다음 날, 이른 시간에 콩나물을 사다 놓고 일찍 산에 다녀오니 남편이 콩나물국을 끓이고 있다. 아들을 위해 끓인다며 송송 썰어놓은 파를 넣고 있다. 그러면서 아들에게 "아빠가 끓인 게 더 맛있지?"라고 묻는다.

남편이 끓여놓은 콩나물국

을 한입 떠 시음하듯 입에 넣어보았더니, 이크 이 맛은 분명 뭐가 가미된 맛이라 하자 남편은 뭐 다른 것 넣지 않았다며 시치미를 뚝 떼고 있다. 가만히 살펴보니 명절 선물세트 속에 들어있던 참치 액젓을 넣은 것이었다.

나는 최대한 원초적인 맛을 유지하기 위해 첨가물을 자제하며 음식을 조리해 왔었는데, 그 참치 액젓의 눈금이 용기 아래로 몇 눈금 내려가 있는 것을 보고는 그냥 모른척했다.

속이 쓰릴 아들 위장을 뻥 뚫어낼 콩나물국을 끓여 줄 생각을 한 남편의 탁월한 지혜와 마음결이 고맙기만 했다.

먼 훗날, 아들은 아버지가 끓여준 콩나물국을 오래도록 잊지 않고 생생하게 기억할 거다. 맛이 있고 없고를 떠나 아버지의 마음이란 것을 알았을 것이고 또 아름다운 추억으로 계속 들춰 볼 것이다.

오늘 남편이 끓여낸 콩나물국에는 참치 액젓이 아닌 사랑이라 이름 붙여진 부자간의 속사랑 조미료가 듬뿍 넣어진, 이 세상에서 가장 맛있는 콩나물국이다.

#콩나물국#사랑#가족애

2021. 5. 9.

아버지의 딸이다

─────────── 나는 평생 농사를 지었던 아버지의 딸이다. 어려서부터 어깨너머로 보고 자랐으니 서당 개 삼 년이면 풍월을 읊는다는 말처럼 처음 해보는데 낯설지가 않다.

아버지의 가르침이 하나씩 묻어 나온다.

꿈 띤 내 모습은 농부이셨던 아버지를 꼭 빼다 닮았다. 평생을 흙과 함께 그 흙을 만지며 씨앗을 심고 가꾸면서 수확의 달달함과 그 행복을 우리 육 남매는 단물처럼 빨아 먹으며 커 온 것이다.

'거룩'이라고 말하고 싶다. 지금이야 시절이 좋아 농기계로 사람의 힘을 줄여가며 농사를 짓지만, 옛 시절은 그런 편리함보다 외양간에 매어놓은 소와 구루마, 지게, 쟁기 등으로 농사를 지어야 했다.

언젠가 영화 〈워낭소리〉를 보며 영화 속에 푹 빠져 공감했던 기억이 난다. 소를 자식처럼 위하는 일상의 그 모습을 영락없이 보고 자랐다. 가축이 먼저 밥을 먹어야 한다며 엄동설한에도 새벽같이 일어나 쇠죽을 쑤시던 아버지, 먹다만 곡식 부스러기나 호박, 쌀뜨

물 등을 넣고 소의 영양도 늘 챙기셨던, 어디 그뿐인가?

가을 추수 후 고삿떡을 하면 접시에 담아 매번 외양간 옆에 갖다 놓던, 지금에 와 돌아보니 그 시절 소의 귀함을 그렇게 표한 농촌의 문화라고 생각한다.

볏단과 쌀가마를 운반하고 밭과 논을 갈며 농기계 역할을 톡톡히 했던 소였다. 농촌의 아버지들은 그렇게 살아오셨다. 자식들을 위해 온몸이 부서져라, 황소처럼 일만 하셨던 아버지,

농기구로 둔덕을 가지런히 해본다.

우리 육 남매 눈 뜨고 귀 열게 해준 것 아닌가?

초월생활개선회 여성단체의 감자를 심던 날, 농기구로 둔덕을 가지런하게 하는 작업을 해보기 위해 농기구를 손에 탁 잡아채는 그 순간 아버지의 그리움이 바람처럼 불어왔다.

나는 아버지의 딸이다.

#농기구#소#초월읍#감자심기

2021. 4. 7.

통미마을 청미정 골목 사람들

─────────── 아주 낯익은 또는 구식 단어 같은 골목, 골
목길 하면 웬지 모르게 옛 내음이 풍겨오며 이상국 시인의 「골목 사
람들」시 한 편이 떠오른다.

통미마을 52번길, 통미마을은 광복 이전까지 소나무로 통을 만들
어 생계를 유지하는 사람들이 살고 있던 곳으로 소나무를 밀어 통
을 만드는 마을이라고 해서 통미마을이라 불렸다고 한다. 소나무가
울창한 곳에 왕족의 정자(亭子)가 여럿 있었다고 하여 대한제국 시
절에 송정리라 정하였다는 마을 지명의 유래가 있다.

오래전, 통미마을은 탄벌동(숯가마골)쪽에서 내려오는 물이 지나
는 파발교 옆 하천변이라 유독 자갈이 많았으며 1970년대에는 집
이 서너 채밖에 없었던 허허벌판이라 주로 콩을 심었던 콩밭들이
있었다고 한다.

1980년대에 들어서며 빨간 벽돌집이 띄엄띄엄 들어섰다는 송정
동 통장님의 말씀을 듣고는 파발교를 건너 두부마을 식당과 담안

식당을 지나 통미마을 52번길 골목으로 들어선다.

곱게 물든 은행나무 잎처럼 노란 잎 간판을 우뚝 매단 청미정 식당과 그 맞은편에 작은 암자 같은 약사사, 누군가 정성 들여 쌓았을 약사사 담장 밑 얄으마한 돌탑 무리들, 골목 끝 저 멀리 바라보이는 H 아파트는 도시 내음과 통미마을의 옛스러움이 서로 함께 공존하는 한 폭의 풍경으로 다가온다.

잠시 걷던 발걸음을 멈추고 높고 파란 가을 하늘을 쳐다본다. 전봇대에 길게 이어진 전선 위에는 참새 가족의 단란한 모습과 아침마다 골목 사람들에게 기쁜 소식을 전했을 생기발랄한 까치들의 옛모습도 그려본다.

인구 사십만 명의 광주시, 타 도시에서의 인구 유입으로 아파트와 신축건물들이 들어서고 있고 구도심인 이곳 통미마을에도 송정동 도시재생사업으로 골목 골목이 깔끔하게 단장되어 가고, 크고 작은 옛 추억들도 고드름처럼 매달려 있다.

몇 년 전, 구도심이었던 이곳에도 송정동 소규모 도시재생뉴딜공동체 활성화 사업의 하나로 2019년에는 통미마을 소통 축제도 개최되었다고 한다. 규모는 크지 않았지만 주민들의 관심과 참여를 끌어낼 수 있었던 뜻깊은 축제였다고 한다. 이날 만큼은 골목에 차 없는 날을 정하여 골목 사람들이 안심하고 골목길을 오고 갈 수 있었다고 한다.

특히, 시청이 신청사로 옮겨가며 송정동 구 시청 지역은 인구감소와 상권하락, 주거환경 노후가 지속되어 왔지만, 송정동 소규모

도시재생사업으로 인하여 마을에 희망이란 활력을 불어넣어 앞으로 더 새롭게 변화되어 갈 것이란 기사를 지역신문을 통해 읽은 기억을 떠올리며 52번길 골목을 걸어본다.

통미마을 52번길, 골목 사람들은 송정 목욕탕에서 묵은 때를 벗겨내고, 꼬불꼬불하게 파마하러 미장원을 또 이발소를 오가고, 육고기를 사러 푸줏간을 다녀왔을, 밤이면 아버지들은 돌아가며 골목골목 야경을 돌면서 골목 사람들의 안전을 지켜왔던 그런 추억들이 방울방울 떨어져 있다. 어머니 같은 여사장님이 끓여내는 청미정 식당의 김치찌개 끓는 소리도 들릴 듯 말듯 새어 나온다.

까마득한 시절, 오일 장날 부모님을 따라 통미마을 길 건너편 우시장 구경을 했었던, 밀목 느티나무 옆 기와집 한약방으로 한약을 지러 가시던 어머니를 따라 잰걸음으로 통미마을을 스쳐 지나던 내 유년의 가물가물한 추억도 생생하게 되살아난다.

어떻게든 살아보려 애썼을, 누군가는 이 통미마을의 골목을 꼭 지켜야만 한다고 생각했을, 새파랗게 젊던 골목 사람들!

2022년 10월, 수북이 올라온 흰머리 감쪽같이 염색으로 변장하고 노란 입간판 매단 청미정 식당으로 또는 혈압약을 타고 취미 생활을 위해 노인복지관이며 보건소 방향으로 걸어가고 있는 새파랗게 젊던 저 칠십 줄의 골목 사람들!

아, 가을도 농익어 간다.

— 2022년 통미마을 청미정 골목사람들 마을이야기.

─────────── 어린 시절, 경안천 상류에서 나고 자란 탓에 광주시가 내 고향이란 마음으로 살아왔습니다.

너른고을 광주지역에서 단체 및 이웃들과 동행한 이야기며 소소한 일상의 이야기를 기록해왔고 앞으로도 계속 이어갈 것입니다.

시작은 미미하지만 끝은 창대하리라고 들어왔던 문구를 떠올리며 블로그에 일상의 이야기를 써오면서 저만의 행복을 만끽하기도 했습니다. 그리 거창하거나 특별하지 않은 사소함 속에서 행복지수는 상승하였고, 일상은 더 풍요로워졌고 또 매사 긍정의 마음으로 감사를 앞세워갈 줄도 알게 되었습니다.

늘 글쓰기에 힘이 되어 주신 광주시 너른고을문학 선후배 문우님들, 또 음으로 양으로 글을 쓸 수 있도록 사랑을 내어준 내 가족에게도 감사를 드립니다.

2023년 여름
정 윤 옥